on / Indomitable Guardian / Psychokinesis /
Eater / Giant Killing / Devoted Affection /
lestruction / Frozen Earth /
one / Bond with Hades / Crystallize /
l / Devilish / Meditation / Taunt / Parrying /
dy Handling / Heavy Body /
Move VI / Cover / Counter / Quick Change /
HP Enhancement Small / MP Enhancement Small / Blessing of Dark Green

Maple's STATUS

Lv58 HP 200/200 MP 22/22

[STR 0] [VIT 14580]

[AGI 0] [DEX 0] [INT 0]

怕痛的我，把防禦力點滿就對了

夕蜜柑

[插畫] 狐印

8

Welcome to "NewWorld Online".

Kadokawa Fantastic Novels

CONTENTS

All points are divided to VIT.
Because
a painful one isn't liked.

0850 1048 4070 7603

NewWorld Online STATUS

NAME 梅普露 Maple

Lv 58

HP 200/200 MP 22/22

STATUS

STR 000 VIT 14580 AGI 000 DEX 000 INT 000

EQUIPMENT

- 新月 skill 毒龍
- 闇夜倒影 skill 暴食
- 黑薔薇甲 skill 流滲的混沌
- 感情的橋梁
- 強韌戒指
- 生命戒指

SKILL

盾擊 步法 格擋 冥想 嘲諷 鼓舞 沉重身軀 低階HP強化

低階MP強化 深綠的護祐 塔盾熟練Ⅶ 衝鋒掩護Ⅵ 掩護 抵禦穿透 反擊

快速換裝 絕對防禦 殘虐無道 以小搏大 毒龍吞噬者 炸彈吞噬者 綿羊吞噬者

不屈衛士 念力 要塞 獻身慈愛 機械神 蠱毒咒法 凍結大地

百鬼夜行Ⅰ 天王寶座 冥界之緣 結晶化 大噴火 不壞之盾

6892 1179 0606 0847

NewWorld Online STATUS

NAME 莎莉 Sally

Lv 56

HP 32/32 MP 130/130

STATUS

STR 110 VIT 000 AGI 170 DEX 045 INT 060

EQUIPMENT

- 深海匕首
- 水底匕首
- 水面圍巾 skill 幻影
- 大海風衣 skill 大海
- 大海衣褲
- 死人腳 skill 步入黃泉
- 感情的橋梁

SKILL

疾風斬 破防 鼓舞 倒地追擊 猛力攻擊 替位攻擊

快速連刺Ⅴ 體術Ⅷ 火魔法Ⅲ 水魔法Ⅲ 風魔法Ⅲ 土魔法Ⅲ 闇魔法Ⅱ 光魔法Ⅱ

高階肌力強化 高階連擊強化

中階MP強化 中階MP減免 中階MP恢復速度強化 低階抗毒 低階採集速度強化

匕首熟練Ⅹ 魔法熟練Ⅲ

異常狀態攻擊Ⅷ 斷絕氣息Ⅲ 偵測敵人Ⅱ 躡步Ⅰ 跳躍Ⅴ 快速換裝

烹飪Ⅰ 釣魚 游泳Ⅹ 潛水Ⅹ 剃毛 超加速 古代之海 追刃 博而不精

劍舞 金蟬脫殼 操絲手Ⅶ 冰柱 冰凍領域 冥界之緣 大噴火 操水術Ⅳ

0557 4654 3729 1094

NAME 克羅姆 HP 940/940 MP 52/52 LV 78

STATUS

STR 135 VIT 180 AGI 040 DEX 030 INT 020

EQUIPMENT

斷頭刀 skill 生命吞噬者 | 怨靈之牆 skill 吸魂 | 染血骷髏 skill 靈魂吞噬者 | 染血白甲 skill 非死即生 | 頑強戒指 | 鐵壁戒指 | 防禦戒指

SKILL

突刺 屬性劍 盾擊 步法 格擋 大防禦 嘲諷 鐵壁姿態 護壁 鋼鐵身軀 沉重身軀 高階HP強化 高階HP恢復速度強化 中階MP強化 深綠的護祐 塔盾熟練X 防禦熟練X 衝鋒掩護X 掩護 抵禦穿透 反擊 防禦靈氣 防禦陣形 守護之力 塔盾精髓VII 防禦精髓VI 毒免疫 麻痺免疫 高階暈眩抗性 睡眠免疫 冰凍免疫 高階燃燒抗性 挖掘IV 採集VII 剃毛 精靈聖光 不屈衛士 戰地自癒 死靈淤泥 結晶化 活性化

1121 6511 1627 4925

NAME 伊茲 HP 100/100 MP 100/100 LV 62

STATUS

STR 045 VIT 020 AGI 080 DEX 210 INT 080

EQUIPMENT

鐵匠鎚·X | 鍊金術士護目鏡 skill 搞怪鍊金術 | 鍊金術士風衣 skill 魔法工坊 | 鐵匠束褲·X | 鍊金術士靴 skill 新境界 | 藥水包 | 腰包 | 黑手套

SKILL

打擊 製造熟練X 工匠精髓VIII 高階強化成功率強化 高階採集速度強化 高階挖掘速度強化 中階增加產量 高階生產速度強化 異常狀態攻擊III 躍步V 望遠 鍛造X 裁縫X 栽培X 調配X 加工X 烹飪X 挖掘X 採集X 游泳VI 潛水VII 剃毛 鍛造神的護祐X 洞察 附加特性III

3030 8825 2743 3535

NAME 奏 HP 335/335 MP 290/290 LV 49

STATUS

STR 015 VIT 010 AGI 075 DEX 050 INT 110

EQUIPMENT

諸神的睿智 skill 神界書庫 | 方塊報童帽·VIII | 智慧外套·VI | 智慧束褲·VIII | 智慧之靴·VI | 黑桃耳環 | 魔導士手套 | 神聖戒指

SKILL

魔法熟練VIII 快速施法 中階MP強化 中階MP減免 高階MP恢復速度強化 中階魔法威力強化 深綠的護祐 火魔法VI 水魔法IV 風魔法VII 土魔法V 闇魔法III 光魔法VII 魔導書庫 死靈淤泥 魔法融合

2128 0779 2864 5999

NAME 霞　HP 435/435　MP 70/70　LV 72

STATUS

STR 205　VIT 080　AGI 090　DEX 030　INT 030

EQUIPMENT

蝕身妖刀・紫｜櫻色髮夾｜櫻色和服｜靛紫袴裙｜武士脛甲｜武士手甲｜金腰帶扣｜櫻花徽章

SKILL

一閃　破盔斬　崩防　掃退　立判　鼓舞　攻擊姿態　刀術Ⅹ　一刀兩斷　投擲　威力靈氣　破鎧斬　高階HP強化　中階MP強化　中階攻擊強化　毒免疫　麻痺免疫　高階暈眩抗性　高階睡眠抗性　中階冰凍抗性　高階燃燒抗性　長劍熟練Ⅹ　武士刀熟練Ⅹ　長劍精髓Ⅴ　武士刀精髓Ⅴ　挖掘Ⅳ　採集Ⅵ　潛水Ⅴ　游泳Ⅵ　跳躍Ⅶ　剃毛　望遠　不屈　劍氣　勇猛　怪力　超加速　常在戰場　心眼

5615 1896 1080 8803

NAME 麻衣　HP 35/35　MP 20/20　LV 44

STATUS

STR 385　VIT 000　AGI 000　DEX 000　INT 000

EQUIPMENT

破壞黑鎚・Ⅷ｜黑色娃娃洋裝・Ⅷ｜黑色娃娃褲襪・Ⅷ｜黑色娃娃鞋・Ⅷ｜小蝴蝶結｜絲質手套

SKILL

雙重搥打　雙重衝擊　雙重打擊　中階攻擊強化　巨鎚熟練Ⅸ　投擲　遠擊　侵略者　破壞王　以小搏大　決戰態勢

5272 0557 2241 2738

NAME 結衣　HP 35/35　MP 20/20　LV 44

STATUS

STR 385　VIT 000　AGI 000　DEX 000　INT 000

EQUIPMENT

破壞白鎚・Ⅷ｜白色娃娃洋裝・Ⅷ｜白色娃娃褲襪・Ⅷ｜白色娃娃鞋・Ⅷ｜小蝴蝶結｜絲質手套

SKILL

雙重搥打　雙重衝擊　雙重打擊　中階攻擊強化　巨鎚熟練Ⅸ　投擲　遠擊　侵略者　破壞王　以小搏大　決戰態勢

Welcome to “NewWorld Online”

序章

攻塔成功，圓滿結束第七次活動的【大楓樹】八名成員輕易擊敗第六階魔王，踏上能夠收服怪物為魔寵的第七階地區。

這裡和陰森恐怖的第六階不同，眼前是一大片和風徐徐的草原。許多草食動物奔跑其中，遠處有城鎮的剪影。甚至還有火山、雪山和浮島，可見範圍內即有多種地形存在。

「喔喔～！這裡可以找怪物當夥伴是吧！」

「聽說是這樣。從公告來看，還是早一點找到比較好。」

「雖然現在消息還不多，但收服以後也是要幫牠們升級吧，無論如何還是動作愈快愈好。」

第七階地區上線的同時，官方也發出了第八次活動的預告。詳情並未多說，只提到帶魔寵一起打會很有利。已經有怪物夥伴的梅普露和莎莉叫出糖漿跟朧，往城鎮走。

「話說，也不是所有怪物都願意親近人呢。」

「對啊，朝我們衝過來了！」

「「我們來迎擊！」」

一群長著尖角的牛要給向城鎮邁進的八人一點下馬威似的衝了過來。所有人備戰時，梅普露和莎莉率先行動。

「糖漿！【大自然】！」

「朧！【影分身】！」

猛衝的牛腳下伸出粗大藤蔓，將牠們纏得動彈不得時，分為五人的莎莉衝上去一頓砍。牛死命扭身用角抵抗，但也只能破壞朧製造的分身。

「【五連斬】！」

莎莉毫不留情地使出連擊，這群好戰的牛不過是普通怪物，兩三下就被砍光ＨＰ，化成光而消失。梅普露和莎莉撿起掉落物，慰勞糖漿和朧。

「收工！辛苦啦，糖漿！」

「謝啦，朧。」

兩人以只憑自己所做不到的搭配方式，輕而易舉消滅了怪物。

她們和糖漿跟朧搭檔已經很長一段時間，這樣的畫面對【大楓樹】成員是習以為常。如今眾人終於也有馴服怪物作魔寵的機會，全都等不及了。

「嗯，看她們這樣打，實在讓人好想趕快打到魔寵啊。」

「就是啊，不過也要看條件吧。剛才的牛就不像能收服的樣子……」

「先到城鎮去吧！到城裡面應該就知道怎麼做了！」

「說不定要先買道具才能收服呢。」

「也對，我們走吧。」

站在這裡瞎猜也沒用，八人雀躍地往遠處的城鎮快步前進。

第一章　防禦特化與第七階地區

來到第七階地區的梅普露等人為了盡快外出探索，匆匆找出【公會基地】並完成啟用程序。這座基地又高又闊，似乎在暗示可以收服大型怪物，還有棲木等擺設，看得眾人滿懷期待。見過基地後，八人決定分頭了解城鎮構造。

第七階城鎮中央有棵通天巨木，周圍水路石道縱橫交錯。抬起頭，還能看見木橋四通八達地連接錯落於城中各處的樹木，而這些樹上還有樹屋。

「好～！探險隊出發！」

對新城鎮充滿好奇的梅普露跑出基地，沿著路東張西望地走，很快就注意到這裡與過去城鎮的不同——城裡的ＮＰＣ每個都帶著某種怪物。

「喔～！像糖漿那樣耶！」

梅普露與ＮＰＣ對話，逛逛店家，搜刮各種資訊後暫時回到基地。

其他人也結束情蒐工作，在基地裡等著了。

「喂～！你們逛得怎麼樣？」

梅普露笑呵呵地跑過去，準備分享成果。

已將資訊整理好的莎莉對她說：

「回來啦。我想妳也知道了，第七階真的是可以得到朧或糖漿這樣的魔寵。」

「對呀對呀！有很多種方法可以收服喔！」

「好想趕快去探索喔！」

「呵呵，結衣等不及了呢。」

八人所蒐集的資訊都和新活動沒有明顯關聯，主要是取得魔寵的方法。例如用武力擊倒、給予道具等各式各樣類型。

「糖漿跟朧是從蛋孵出來的……其他怪物也是這樣嗎？」

「視怪物而定的樣子。不過還是一樣要用【感情的橋梁】讓怪物變成夥伴，所以我不能再找朧以外的了。」

「……？」

「啊，妳沒看到啊？在第七階上線以後，每個人只能有一個【感情的橋梁】效果的道具。」

梅普露和莎莉已經擁有【感情的橋梁】戒指，在此條件下不能再收服糖漿和朧以外的怪物。

「是喔……嗯，不過我有糖漿了嘛。」

「所以我們在這裡就是幫其他人的忙吧？」

「嗯！沒問題！」

「那我們公會的目標，就是讓每個人都找到魔寵，參加第八次活動？」

「嗯嗯嗯！當然好！雙手贊成！」

其他六人也沒意見，公會目標就此確立。所有人要為第八次活動傾盡全力做準備。

梅普露和莎莉已經有怪物夥伴，有餘力幫助他人。

「那真是太好了。如果收服強力怪物的條件是『擊敗』，憑我一個玩坦的很辛苦呢。」

「是啊，但我們還是多找幾個地方大致看一下就好。先盡量多看點怪物再說。」

往城鎮另一邊的野外眺望，也能看到來時所見的積雪峻嶺和火山等各種環境。根據蒐集來的資料，這裡還有沙漠和海洋。不像過去階層那麼一貫，表示有各種生態的怪物在這裡棲息。

「先決定想收的怪物再開始找說不定也不錯喔。我呢……到圖書館去看看好了。」

「不曉得有沒有對工匠這方面有益的怪物……」

「我們也要加油喔，姊姊！」

「就是啊，結衣！」

眾人各自想像著見都沒見過的魔寵，動身蒐集各區域怪物類型傾向等詳細資料。

◆□◆□◆□◆□◆

儘管如此，第七階才剛上線，人在最新地區的梅普露幾個非得自力蒐集情報不可。

「怎麼樣？決定好什麼魔寵了嗎？」

梅普露對看著公布欄找相關資訊的結衣和麻衣問。

「梅普露！呃，還沒，所以我想跟姊姊一起出去找。」

「這樣啊～那我來幫忙！不管妳們去哪裡，我都可以保護妳們！」

「謝謝梅普露，那真是太好了。」

見麻衣敬禮，結衣也趕緊敬禮。梅普露可以用【暴虐】或糖漿當交通手段，還能用【獻身慈愛】保護她們。

「那我們走吧！不先實際看一下，很難決定要找什麼怪物嘛！」

「「好！」」

三人就此展開第一次野外探索。

能成為魔寵的怪物，可以從血條邊的標示判斷。

「梅普露，妳拿到糖漿的時候是什麼狀況啊？」

「從蛋裡孵出來的喔，在第二次活動一個很強很強的鳥魔王的巢裡找到的。朧也是一樣！」

「稀有的怪物就是要去奇特的地方找嗎？」

「從梅普露的案例來看，感覺是這樣呢。」

「好～那我們就先到處看一看吧！」

梅普露發動【獻身慈愛】，跟結衣和麻衣一起查看路上遭遇的怪物。

「即使知道能夠成為魔寵，也看不出要怎麼收服，傷腦筋耶。」

「就是啊……有的好像也不能打死嘛。」

結衣和麻衣擅長搥爆怪物，遇到特殊條件就頭痛了。專往攻擊力特化，讓她們辦不到很多事。

「我們先往那片森林走吧？森林裡應該會有很多動物！」

「也對，那就走吧！收服怪物用的道具都買了……好。要是遇到喜歡的卻不能抓，那就太哀傷了！」

「梅普露妳不是不需要了嗎……？」

「嘿嘿嘿，這樣要幫忙的時候就隨時有得用啦！」

梅普露往結衣指的方向轉，朝城鎮附近的廣大森林前進。當然，三人路上也睜大眼睛尋找可收服的怪物。

森林裡很陰暗，只有些許光線探入，樹叢也很濃密。

不時有怪物撲過來襲擊她們，但她們現在不屑一顧，專注在可收服的怪物。
「啊！找到了！」
「咦？哪裡哪裡！」
梅普露往結衣指的方向看，見到停在樹上的小鳥型怪物。
標示可收服的圖示在血條旁邊發著光。然而在梅普露幾個有任何行動之前，小鳥就飛走了。
「啊……飛走了……」
「嗯……好可惜喔……下次先把道具準備起來吧！」
梅普露說完便取出收服怪物用的道具，好隨時收服下一個怪物。
「啊，可是每個人只能有一個魔寵嘛……怎麼辦？」
「嗯……我想多看一點再決定！」
「我也是……收了以後又放掉好像對不起人家……」
「那就繼續找夥伴吧！」
三人為尋找更多種怪物，不停往森林深處前進。路上有先前逃走的鳥和狼等動物型，蝴蝶之類的昆蟲型，還有青蛙等兩棲、爬蟲類型。
「這一帶好像大多是造型比較現實的怪物耶？說不定其他地方會有比較『怪物！』的喔。」

「第七階有很多區域的樣子呢……不過我比較想要可愛的動物。」

「我也跟姊姊一樣！」

「那還是在這一區找吧。雖然已經逛很久了……」

梅普露想問結衣和麻衣是否特別屬意哪種時，一隻小熊匆匆跑過她面前。小熊的足跡閃閃發光，感覺跟之前看過很多次的小鳥等動物不一樣。

「梅普露！」

兩人轉向梅普露，不用問也知道她們想說什麼。

「嗯，我們快追！」

三人追循閃亮的足跡，在森林裡走來走去。追了一會兒後足跡的光消失，森林裡又沒有路徑，完全追丟了小熊。

「唔唔……追不上啊。感覺很稀有呢。」

「好可惜喔……希望還能再遇到。」

「梅普露！可以幫我們找一下嗎！」

兩人似乎都決定找小熊當夥伴，梅普露便爽快答應。在不知是否需要道具的情況下，恐怕得重找很多次。

「那當然！而且我們不只需要一隻，我會幫妳們都找到的！」

梅普露的話讓結衣和麻衣都開心地笑了。

「往深的地方找就對了吧？剛才那裡也滿深的。」

但是當梅普露勢在必得地開始搜索時，麻衣說出她的懸念。

「啊……可是，我們的速度好像追不上耶……」

「呃～牠是跑得滿快的啦……」

在滿是樹木草叢的森林裡發動【暴虐】，會因為體型過大而難以行動。打倒玩家或怪物還行，想細微調整方向追蹤目標就不適合了。

「還是回去問問看伊茲姊有沒有好用的道具吧，再被熊熊溜掉就太悶了。」

「沒辦法，希望不是先搶先贏的那種。」

「一定沒問題的啦！下次也請莎莉來幫忙吧，她跑很快！」

三人就這麼暫時打道回城。

梅普露等人返回【公會基地】，來到伊茲待的工坊。她不知在製作些什麼，裡頭所有器具都在忙碌地運轉。

三人看她這麼忙，不曉得該不該喊她。而她似乎只是在等機器完工，伸個懶腰想出房門時注意到了她們。

「啊，妳們來啦。不好意思喔，都沒發現……這邊事情有點多。」

「那個，是在做新道具嗎？」

「麻衣內行喔，答對了！上第七階以後，製作表上多了很多裝備跟道具。有很多像是吸引怪物親近、提升稀有怪出現率之類的道具商店都沒賣，做起來很有成就感，但也很累人就是了。」

不僅是為了公會成員，一部分也是因為她很熱衷於製作道具。她頗有自信地說，再過一小段時間就能給她們有用的道具和裝備了。

「原來是這樣啊。我們也是來問有沒有好用的道具！」

梅普露接著說明原委，伊茲便端出道具和裝備。

有暫時提升【ＡＧＩ】的飲料、朝怪物丟中道具就能降低其【ＡＧＩ】的道具，從各方面提供解決問題的方法。伊茲工匠等級高，產品效能自然也高，肯定能填補她們腳程慢的缺點。

「想暫時提升【ＡＧＩ】的話，穿這個飾品就行了。我們公會的人都沒什麼在換裝備……不過配合需求換裝備也是很重要的喔。等我一下……」

伊茲迅速配合她們改變裝備配色，交到她們手上。

「「謝謝伊茲姊！」」

結衣和麻衣立刻穿上，在工坊裡走動好習慣變快的身體。她們頭上都長出配合髮色的兔耳朵，裙子上還多了顆同樣顏色的圓圓尾巴。耳朵尾巴隨著步伐，和原本就裝飾在各處的蝴蝶結一起搖來搖去，很是可愛。

「喔～！不錯喔！」

「不過飾品的【ＡＧＩ】只是意思意思而已，以第七階的水準來說應該不算夠，有需要的話再來找我喔。」

「好，真的很謝謝妳！」

「我們會加油的……！」

結衣和麻衣再次向伊茲道謝，展現出非追到不可的決心。再說她們也不知道是不是追到就能收服，本來就可能需要多嘗試幾次。

「祝妳們順利喔。」

「我們會順便蒐集一點材料來的！又有新道具了嘛！」

梅普露也如此承諾，三人一起離開工坊。

想傳訊息請莎莉也來幫忙時，莎莉正好來到基地。

「啊，莎莉！妳來得正好！」

「嗯？怎麼啦？」

「是這樣的啦……」

梅普露說出森林裡的遭遇後，莎莉深感興趣地點點頭。

「情報站上還沒有人提到，說不定很稀有，要花很多時間才能再遇到……我還是很想看看呢。」

「是吧！所以我想請妳來幫我們追……」

結果莎莉搖頭婉拒了梅普露的請求。她說最近要考試，要下線準備了。

「梅普露，妳也要看點書吧？」

「唔唔……對喔。可是道具都拿到了說……」

梅普露完全忘了這件事，搔起了頭。不知道該不該繼續幫結衣和麻衣，讓她感到左右為難。

「沒關係！我們有伊茲姊的道具了！」

「對呀！……妳已經幫我們很多了！」

聽她們這麼說，梅普露不再糾結，用力點頭。

「嗯，那好吧！等妳們的好消息喔！」

「一定會給妳好消息的！」

「我、我會加油的！」

梅普露揮手告別，和莎莉一起登出。

留下的兩人帶著略顯不安但又充滿鬥志的表情邁向野外。

「一定要找到魔寵喔，姊姊！」

「嗯，加油吧。」

話雖如此，少了梅普露的防禦力，她們被第七階怪物打一下就會死。

她們也很清楚這件事，只能先發制人。到了野外，兩人立刻發動新技能。

「「【決戰態勢】！」」

這就是她們選的銀幣技能。發動時周圍爆散紅色閃電，身體和武器散發紅色靈光和無比的壓迫感。兩人就此拖著一大條紅光，往森林前進。當然，特效不是擺好看的。

【決戰態勢】

發動時攻擊範圍擴大，技能冷卻時間大幅縮短。

【ＶＩＴ】減半，受傷增為兩倍。

原本沉重的代價，對本來就不堪一擊的她們而言有跟沒有一樣。怪物無視她們一手一把必殺巨鎚，直接攻過來。

「來嘍，結衣！」

「嗯！看我的！……嘿呀！」

巨鎚往飛撲而來的狼型怪物橫掃，結果以些許間距從底下掠過去。然而狼還是在武器纏繞的靈光接觸牠時砰一聲彈飛，在地上滾了幾圈後爆散成光。

「好棒喔！能打到怪的部分變得好大！」

「嗯！……這樣我們就更容易打中了！」

攻擊範圍變大，就表示死角變小。完全體現了攻擊就是最大的防禦。

野外其他玩家看到她們這麼開心，不禁議論紛紛。結衣和麻衣特徵這麼明顯，遊戲裡找不到第二組，又發現她們即死級的普通攻擊範圍變大，想不引起議論也難。

不過她們的心力都放在尋找森林小熊上，沒注意到周圍視線。

兩人就這麼進入森林，開始尋找小熊。現在沒有梅普露保護，非得多加提防怪物的動靜不可，她們沒有本錢受傷。

「在梅普露回來之前，我們一定要收服小熊！」

迫不及待的結衣兩眼閃閃發亮，麻衣也跟著點頭。

「呃，上次那裡很深對不對……？」

「嗯，應該還很遠。」

走著走著，有個樹叢沙沙晃動起來。兩人背靠背戒備，只見一隻豬型怪物從草叢裡跳出來。

「「嘿——！」」

兩人貼著背邊轉邊揮鎚，沒有特別瞄準，就只是用兩把武器和攻擊範圍擴大的暴力塞滿怪物衝撞的路線。

只要無處可躲，就當然會吃上一鎚，而普通怪物撐不住她們的攻擊也是理所當然。

豬怪也像狼怪一樣爆散，兩人鬆一口氣。

「太好了……光是走來森林就很花時間呢。」

「唔～希望能趕快找到。」

之後她們又驚險處理幾個怪物，終於來到上次發現小熊的地帶。

「記得是這附近沒錯……」

「嗯，再來就看有沒有出來了。」

兩人步步為營地尋找小熊的身影一會兒，忽然聽見草叢搖晃，並看到地上有星星往天空飄。

「「啊！」」

真的是一閃而過，完全來不及丟伊茲給的降【ＡＧＩ】道具，小熊已逃進前方草叢。兩人急忙喝下【ＡＧＩ】藥水，沙沙撥開草叢，追隨往天上飄的閃亮星光。

「結衣！有怪物！」

「不要來鬧！【遠擊】！」

麻衣也隨結衣打出【遠擊】，四道衝擊波轟飛撲來的怪物。兩人繼續急追足跡跑過森林，但路上不停有怪物襲來，追也追不上。

「嗚嗚，又要追丟了啦！」

「啊！結衣危險！」

「咦？呀啊！」

焦急而注意力渙散的結衣來不及應對背後襲來的怪物，遭到攻擊。無論攻擊力如何提升，她們還是遭到一擊就完蛋。

「啊，結衣！呀！」

麻衣注意力被結衣引開，同樣遭怪物擊倒，兩人一起回到了第七階城鎮。

復活後，她們一臉的懊惱與遺憾，頹喪地坐在長椅上。

「啊～！又失敗了……」

「要再去一次嗎？」

「那當然！怎麼可以這樣就氣餒！放棄就抓不到魔寵了！」

「就是啊，我也是這麼想。」

兩人決定至少先堅持到可以自力追上為止，再度前往森林。

當然，等梅普露回來再打是最穩妥的方法，但她們也希望自己好歹能做到自由探索，必須自立自強。

結果她們又死了兩次，第三趟還完全沒找到小熊的蹤跡。兩人在森林裡不停張望，不知所措。

「是怎麼啦？都不出來耶。」

「位置……應該是這邊沒錯啊。」

兩人這才想到，說不定小熊是得滿足一定條件才會出現。

「先前好像……不是單純運氣好……明天那個時間我們再來找吧？」

「那好吧！在同樣條件下還是找不到再來想。」

她們的目標就是收服小熊，誰也不能阻止她們。

「今天要下線了嗎？」

聽麻衣這麼問，結衣想了想之後提議：

「我們用這附近的怪物練習一下戰鬥再下線吧？莎莉之前不也說熟悉很重要嗎！」

「就是說啊，而且我們也需要練等級。」

「那就這樣嘍！打到的材料再拿給伊茲姊幫我們做東西！」

為了收服小熊，兩人開始了熟悉森林怪物的特訓。

◆□◆□◆□◆□◆

隔天兩人再次來到森林，被出現率低而沒能熟悉的怪物從草叢或樹上偷襲而趴了幾次後，總算又來到小熊出沒的森林深處。

「這、這次……死得好慘喔。」

「嗯，還需要很多練習呢。」

無論如何，光是知道這裡是森林追蹤的起點就很不錯了。不需要盲目亂走，對戰鬥場次愈多愈容易出事的她們來說至關重要。

「啊！在那裡！」

「太好了……」

和昨天一樣，小熊出現在她們面前。

看來時段和牠出現與否有關。

不想再失敗的兩人急忙追循小熊的足跡。或許是昨天努力記憶怪物動作起了作用，路上出現的怪物都有驚無險地擊破。

如此在森林裡繞呀繞地，足跡來到了森林另一邊的山上。

「好像走了很遠耶。」

「嗯……第一次走到這裡來呢。」

兩人在逐漸傾斜，沒有路徑的坡上，沿著飄起小星星的足跡不停前進。

最後來到山腰上的小洞口。

「進去吧！」

「嗯……！」

兩人握緊巨鎚，往山洞裡走去。從足跡飄起的星光閃亮亮地照亮地面與岩壁。

通道愈來愈寬，光也愈來愈強。到了最深處，兩人見到小熊睡在閃亮的星星搖籃裡。在那有點寬，像個窩的空間裡，充斥著眩目的光線。

「「在那裡！」」

小熊似乎被她們吵醒而爬起來注視她們，緊接著洞裡的光急遽增強，往小熊凝聚。

就在兩人被閃得閉上眼的那一刻，小熊忽然長成了巨獸，朝她們低吼。身上星點飛散，耳朵尖端等毛髮有如化為光輝般徐徐搖動。

「長大了？」

「好像很強耶……怎麼辦！」

兩人原以為追到就能收為魔寵，結果小熊在她們眼前變成凶猛巨獸狠瞪她們，體長近三公尺的巨大身驅散發著強烈壓迫感。

在這個道具不算充足的狀況下，兩人急著猜想究竟該怎麼收服牠，忽然間眼前出現藍色面板。

【展示力量】

要收服此怪物，必須先戰勝牠。

面板以接任務的形式告訴她們收服怪物的方法，兩人表情立刻明亮起來。

展示力量，那正是她們最拿手的。

「上嘍，姊姊！」

「嗯！我們沒辦法手下留情……」

「「對不起喔！」」

緊接著，沉鈍的響聲一路響到洞外。

「可、可以了嗎？」

「不……不曉得耶……」

剛一擊打倒的熊橫躺在擔心下手太重的她們眼前。只見周圍岩壁和地面再度發出強光，熊緩緩起身，接近她們用頭磨蹭，輕聲低鳴後完全化為了光。

「唔唔……！」

「怎、怎麼了？」

當光芒散去而兩人慢慢睜眼時，發現地上有一枚戒指。

跟梅普露和莎莉戴的是同樣造型。

「「成功了！」」

兩人撿起戒指，歡笑擊掌。然而現在只達成一半目標，還有一枚戒指要拿，收服魔寵的行動尚未結束。

「好～！姊姊！我們照這個感覺再過一次！」

「嗯。只要能到這裡來就能過……應該沒問題！」

儘管路上有點辛苦，實際收服的這一段並不困難，兩人鬥志依然滿漲。

她們都沒發現，正常情況下收服稀有怪的戰鬥並不會這麼輕鬆。

沒錯，結果就是和平常一樣，她們在對方出招前就以一擊必殺的鎚子跳過所有過程，這種事沒有別人做得到。

成功過一次，鬥志自然更高。兩人乘著這股氣勢再度過關，獲得相同的魔寵。

「啊～！好累喔～！」

「可是……我們兩個還是……成功了。」

兩人坐在【公會基地】大廳的沙發上，看著自己手上的「感情的橋梁」滿足地笑。

而達成目的伊茲，在事情告一段落之後，臉上同樣洋溢成就感地從後頭走來。

「哎呀，妳們回來啦。成功了嗎？」

「成功了！我跟姊姊都打到戒指了，妳看！」

「我們都有魔寵嘍！」

結衣和麻衣亮出戒指，說明她們的歷程，提供道具裝備的伊茲也與有榮焉地直點頭。最後，伊茲問她們能不能幫她測試新產品。

「我終於把自訂魔寵外觀的道具做一套出來了。照妳們那樣講，妳們收的都是同一種魔寵，不如就趁熱試試看怎麼樣？」

「好！我也想看看！」

「我……我也想看！」

「那就說定啦，跟我來喔。」

伊茲帶兩人到工坊去，請她們召喚魔寵。

「啊，都忘了還沒取名字。」

「都只想著收魔寵的事呢……」

兩人決定等測試完後再取名，召喚魔寵。兩隻可愛的小熊出現在她們腳邊，用身體往她們蹭來蹭去，很親暱的樣子。

「這型的話……能改特效跟毛的顏色吧。」

「可以選自己喜歡的顏色嗎？」

「對呀。以後牠們就是和妳們一起戰鬥的夥伴，不選個喜歡的顏色怎麼行。」

第七階上線後，可以在城鎮以外等能使用技能的地方召喚魔寵，帶著一起走。不是收服為夥伴就結束了，牠們將是玩家遊戲過程中重要的一部分。

兩人這也不好那也不對地猶豫了很久，最後還是選自己服裝的配色。

麻衣的是烏亮毛皮搭配綠光特效，結衣是選北極熊那樣的白毛搭配粉紅特效。

「好～！我要叫牠雪見！」

「我的……叫月見好了。」

「都取得不錯喔，很有妳們的感覺。」

取完名之後，兩人蹲下摸摸小熊的頭，小熊也開心地用頭蹭她們。

「嘿嘿嘿……以後就拜託你們嘍。」

「要靠你們嘍～！」

到處摸著摸著，麻衣忽然有個疑問。

「其他人……還沒得到魔寵嗎？」

「對呀。我在工坊一直弄到剛才為止，克羅姆還不知道要找什麼，奏的話連人在哪裡都不知道……霞則是跑去第四階散心了。」

「那現在換我們幫其他人了！」

「我們去蒐集材料跟情報，還要幫月見牠們升級呢。」

「看妳們的啦。第七階很大，從零開始很辛苦呢。」

「「我們會努力的！」」

結衣和麻衣要做的事還很多，非得練習怎麼和新夥伴雪見與月見搭配攻擊不可。不過，兩人眼中都閃爍著期待的光芒。

第二章　防禦特化與新增

結衣和麻衣收服雪見和月見時，有個人暫時退離最前線，回到了第四階。

「唉，如果能在這一層抓魔寵就好了……可惜不行。」

將目前所知的第七階情報查過一遍後，霞發現沒有特別感興趣的怪物而返回第四階妖怪城鎮。這裡的怪物大多對她的味，所以來這尋找能夠收服的怪物。然而繞了一大圈，就是找不到具有魔寵標示的怪物。即使是意料中的結果，霞還是遺憾得垂頭喪氣。

「休息一下再回去好了……」

說不定第七階未有人回報的怪物中會有她想要的，這只能一步一腳印慢慢找了。

為養精蓄銳，霞走進附近的店家。

「看來……新增的道具就是這些了吧。」

每當有新地圖、新活動上線，霞就會回到第四階看看有沒有新家具上市，順便解解任務賺家具資金，可說是比誰都更熟悉第四階的每個角落。

「不知道有沒有新增任務，繞繞再說吧。」

上了第七階，第四階的怪物都顯得弱了。霞到以前接了很多任務的酒館吃點東西，一桌桌的妖怪鬧哄哄地聊著天。

對她來說全都是熟面孔，說著熟悉的對話。忽然間，她的視線不禁停留在酒館角落的桌位。一隻大青蛙端正地坐在椅子上。

「那個ＮＰＣ……沒見過耶……」

霞來到桌位邊，一個顯示任務名稱的藍色面板便跳了出來。

「【遠方谷地的霧靄下】？……是這次更新新增的嗎……？」

霞不由得微笑起來，滿懷期待地接受任務，眼前的青蛙隨之開口。

「喔？想打聽些什麼嗎？」

「沒錯，就是這樣。」

「嘓嘓，我想想……有件事很有意思……信不信由妳就是了。」

青蛙娓娓道起一座霧氣氤氳的谷底。

「我聽說那裡有怪物出沒，不信邪就到那邊闖一闖，結果……真的有怪物，而且我被牠一瞪就動彈不得了。」

霞想進一步追問，但青蛙不願多說。

「妳想去那裡是吧？……嘓嘓，勸妳死了這條心。能力不夠的人去也只是找死而已。不過……如果妳夠強……我倒是可以繼續說下去。」

說到這裡，任務內容更新了，變成需要打倒指定怪物。不僅限第四階，甚至要去第

五、六階找。

原本是來休息的霞有些吃驚，緊接著因為這是唯一機會而衝出酒館。她肯定自己接到了最新的任務，興奮讓她嘴角不由得上揚。

「呵呵……會是鬼還是蛇呢……」

先從第四階打起。霞進一步加速，奔向野外。

「首先……嗯，是西方的小鬼嗎？」

第四階的任務目標是消滅小鬼這種嘍囉。單獨一隻很弱小，但他們總是集體出現，單打時可大意不得。霞一到目的地，小鬼們便呼叫兄弟，嘰哩呱啦地圍攻過來。

任務內容是必須在限制時間內擊倒所需數量的小鬼，從打倒第一隻小鬼開始算。霞拔出武士刀，帶著煙霧改變外型，注視小鬼。

「【武者之臂】【心眼】！」

進入戰鬥狀態的霞召喚兩隻手臂，並發動日前換取的銀幣技能。

【心眼】

持續一分鐘，每五分鐘能使用一次。

可預先看見怪物攻擊和玩家攻擊技能的命中範圍。

用了【心眼】後，小鬼的狼牙棒揮動軌道在霞眼中顯示成一片紅色帶域。只要不進入紅色帶域，就不會受傷。

「那在莎莉眼裡也是這樣的嗎……【血刀】！」

即使受到包圍，危險區域也盡現眼中。

霞臨危不亂地扭身閃避，發動【血刀】使刀身液化揮掃如鞭，一次撂倒一大片小鬼。近處的小鬼，被飄在兩側的持刀巨臂自動斬殺。

選擇銀幣技能不僅是為了提升攻擊能力，更是為了讓戰況更加穩定。原本就具有中近距離戰力的她提升防禦力之後，單打能力是突飛猛進。

「一分鐘到……好，在【心眼】結束前結束了。」

刀鏗一聲收回鞘中時，嘰哩呱啦地圍過來的小鬼已經都化成光消失了。

「【血刀】真的好方便。再來是第五階嗎？」

霞輕鬆過了第一關，前往第五階地區。

來到第五階的霞走向任務指定的區域，目標是獲得地城最深處的材料，一種會在高處築巢的鳥的羽毛。

「好久沒來這裡了呢……趕快搞定趕快走吧。」

她蹬踏雲所構成的地面，跳進目的地城中。第五階地區的特色——牆壁地面都是雲，白得耀眼。小水滴和冰晶懸浮在通道上，每隔一段時間就有雷電帶著巨響順它們竄過。若強行通過，會在很長一段時間內遭受相當大的傷害。

「要實際看過傷害才知道……【第十式・金剛】！」

霞喝下伊茲給的提升麻痺抗性與減輕雷屬性傷害的藥水，發動技能犧牲【AGI】與【DEX】，提升對於異常狀態的抵抗力和減傷效果。

單打時，一旦遭到麻痺或震暈而無法行動就只有等死的份，必須謹慎行動。她跟能無視絕大多數問題的梅普露可不一樣。

「好了，出發吧。」

雷電在霞奔過通道的途中竄起，但她不當一回事地繼續前行。原先擔心的麻痺上不了她的身，傷害的部分經過雙重減輕又有充足藥水，補得回來。

「……！」

當她邊喝藥水邊衝過通道的途中，空中水滴冰晶開始凝結，變成水滴與冰晶形狀的怪物。拔刀應戰，卻見到怪物鏗鏗鏗地結合起來，成為冰牆阻塞通道。

「想利用地形磨死我嗎……看我硬破！【武者之臂】【第六式・焰】！」

霞在兩側召喚巨臂，並斬出自己手上纏繞火焰的刀，要融化冰牆。

冰牆充其量也只是變了形的高耐力怪物，遭到更甚於其耐力的攻擊一樣會毀壞。

砍了一道冰牆還有一道冰牆，接二連三。

同時背後有變得更加激烈的雷電逐漸逼近。但攻防能力都相當優秀的霞在承受傷害的狀況下，也依然正面突破了這條通道。

「搞定……這樣看來，其實我也滿厲害的嘛。」

其他公會成員都是有條件的強大，霞這樣光靠自身強化效果就能視不同目標維持高傷害，才是應有的強悍。

見到自己的攻擊能打出漂亮傷害，霞鬆了口氣。

雷擊通道之後是個寬敞的空間，有兩條岔路。

「那是……」

一隻小鳥睡在地上，有著一對雲翼和一身潔白的羽毛，彷彿和雲所構成的白色地面同化。小鳥注意到霞接近而驚醒，不是拍動翅膀，而是飄呀飄地消失在通道中。

「任務要的是『母鳥』的羽毛，要跟過去嗎？」

路有兩條，霞往小鳥的去向走。

「那種怪物……說不定也能收服呢。」

從這個新增任務的開頭在第四階地區來看，有必要定期去其他階層看看。霞一邊這麼想，一邊查看通道彼端。

「再來是風雪嗎……」

了解狀況後，霞使用相應的道具與技能就衝進去加以突破。如此重複幾次，遠處出現了天空的顏色。

「到終點了嗎？嗯，打得不錯。」

霞對自己能夠應付各種環境，打倒怪物突破地城感到十分滿意之餘，登上坡道來到室外。

外頭的雲如樹枝般細細長長，尖端有鳥巢、由大雲所構成的羽毛和小鳥。

「拿了就走吧，需要的就只有這個而已。」

霞走過雲枝，趁母鳥還沒回來撿了羽毛就走。

「最後是打大怪吧。」

只剩第六階的目標了。霞在第六階所必須做的，是消滅魔王級的不死系怪物。

「技能和道具都沒耗到，好，直接過去。」

霞乘著連破第四、五階目標的氣勢，來到第六階的任務地點。

那是一片沒有大型掩蔽物的原野，到處是沾血的破爛兵器鎧甲，儼然是座古戰場。

一直有人猜想這裡可能會有特殊事件，不過至今都沒有消息。

「…………」

如今是接了任務才來，不可能什麼都沒發生。霞拔刀備戰，走過原野。

「……來了嗎？」

四周地面湧出與霞刀上火焰不同的紫色火焰，同時濃霧瀰漫。

霞舉刀戒備，看著正前方有個一身染血甲冑，同樣拿武士刀的無頭騎士從霧氣中幽然現身。

「比大型怪容易多了！看招！【心眼】【武士之臂】【第一式・陽炎】！」

她發動【武士之臂】增加攻擊次數，以【心眼】加強攻擊銳度後，用【第一式】的瞬間移動一舉縮短距離。

霞自己的攻擊雖遭到抵擋，兩側的大刀卻深深斬進無頭騎士的軀體與肩膀，砍掉大段ＨＰ。

「【第四式・旋風】！」

她順勢使出連擊，狠狠地奪走更多ＨＰ。

讓對方用劍抵擋連擊，對攻擊次數多的霞有利。

不過連擊結束的同時，【心眼】所顯示的攻擊預示填滿了整個視野。

「【跳躍】！【第三式・孤月】！」

霞立刻躍起，並在空中使用技能二度推進，躲過了緊接著噴出地面的紫焰。

然而落地時，四處不見無頭騎士的身影。

「哈，我看得一清二楚！」

回頭架刀時，【心眼】先預示攻擊路線，無頭騎士才從霧中重新現身。霞自己也有消失並瞬移的技能，可以猜到他會用什麼樣的方式攻擊。

霞改變戰術，自己專心抵擋對方的刀，將攻擊交給【武者之臂】，並在他被雙臂的攻擊打退時補刀，觀察後續變化。

「擋下來，砍回去！」

她就這麼穩穩地一刀一刀砍，將受傷壓在最低限度的同時給予傷害，將對方的ＨＰ往零逼，直到無頭騎士大動作地跪倒。

「【紫幻刀】！」

她立刻使出每一刀都能擊退對手的十連擊。

左右手交互揮展虛幻之刀給予傷害，反覆擊退再逼近。

無頭騎士沒有逃躲的餘地，被砍得站都站不直，更別說抵擋了，【武士之臂】的攻擊更加速削減他的ＨＰ。

當十連擊結束，消失的刀圍繞著無頭騎士出現，同時刺在他身上。霞從先前ＨＰ的削減速率所推算的血量相當精準，無頭騎士在刀刺下後頹倒，成為地上其中一具染血鎧甲。

瀰漫周圍的濃霧隨之消逝，紫焰也熄滅了。

只留下變小的霞。

「唉……不會這樣的話，這招就完美了……」

因為有這個缺點，只能來當終結技。霞發著牢騷，拖著刀往不會有人看見的森林走去，坐在大樹底下等。

「復原了就去回報任務吧。有現在的戰力再加上魔寵……呵呵，我也還有很多變強的餘地嘛。」

霞想像著尚未謀面的夥伴，慢慢等待身體復原。

身體復原後，霞返回第四階，向大青蛙報告戰果。

「是喔……妳還滿厲害的嘛。好吧好吧，我把後續告訴妳。那是一個離這很遠的谷地……我為了查明這條流言的真偽，不知道找了多久……等我發現時，周圍已經全都是濃霧，霧裡有兩團紅光。」

說到這裡，青蛙的嘴就閉上了。

「然後呢？」

霞不禁追問，只見青蛙輕笑一聲改變神情，說道：

「嘓嘓，等我醒來以後，人已經回到這裡，中間發生的事我都不記得了。」

覺得根本一點進展都沒有而喪氣時，青蛙遞給她一張紙。

紙上畫有簡單的地圖，打了個紅叉表示目的地。

「無論如何都想知道的話，妳就自己去看看吧。死了我可不管喔。」

說完，青蛙開始喝他的飲料。知道不會有進一步資訊後，霞仔細打量地圖，想找出下個目的地的位置。

「這裡……是什麼地方？……有山……有森林和湧泉？然後這個叉叉如果是谷地的話……」

霞拿這簡易地圖和各階地圖比對，找到完全一致的地形。

「……第七階的那個谷地嗎！」

她也去過那裡。當時沒有經驗值高的怪物，也沒有特別值得收服的怪物，她沒有久留就走人了。

「所以這樣就是達成條件了吧。」

重頭戲馬上就要來了，讓霞亢奮地返回最前線第七階。既然任務是在最新的第七階完成，感覺非常可期。或許是期待壓過了疲倦，她就此一路直奔地圖所示的谷地。

「……沒變嗎？」

這谷地又寬又深，谷底是濃密的森林。

然而這次所見和上次一樣，可以清楚看見谷底的樹木，與任務【遠方谷地的霧靄下】不符。

「總之先下去再說吧。」

霞輕巧地迅速跳下懸崖，毫不費勁就到達谷底。

「還是一樣完全沒怪呢……」

靜得令人發毛的森林裡不僅沒有怪物的動靜，就連鳥鳴與枝葉婆娑都聽不見。

「只能到處找一遍了……」

青蛙給的簡易地圖只有指出是這個谷地，沒有描述谷地的哪個位置。

憑現在霞的所知，只能在這森林裡進行地毯式搜索。

「不曉得路上有沒有什麼變化……」

既然沒有收到任務結束的通知，這谷地肯定有些什麼。霞到處走來走去，卻沒有找到任何特別之處，只有時間平白流逝。不管往哪裡看都是漫漫深林，依然沒有怪物存在的跡象。

「……會是找錯地方了嗎，還是我看漏了……？」

霞又繼續搜索了一段時間，但期待落空，仍舊什麼變化也沒有。沒有變化，疲倦就來了，使搜索步調愈來愈慢。

「呼，今天就到這裡吧……嗯？」

當她終於放棄而垂首閉眼，抬頭要登出時卻發現森林裡濃霧瀰漫。

「這是……太好了！……？」

喜悅也只有一瞬間，霞忽然感到背後傳來強烈殺氣，倉皇握住刀柄轉身。
在能見度僅有一步的濃霧裡，出現兩團詭譎的紅光。
「不能動了……！麻痺嗎！」
紅光愈來愈近，霞的肢體仍是無法動彈。
霞很清楚光是從何而來。
那不是單純的光，是兩顆眼珠子。
散發紅光的雙眼，穿梭於無音森林的爬行聲，幾乎要與濃霧同化的白鱗。
遠比她巨大的蛇張開血盆大口，是她最後見到的景象。
她認命地閉上眼，一會兒後睜開。
不出所料，人已經回到了第七階城鎮。
「……結果真的是蛇耶，那我該怎麼對付牠呢。」
無法動彈不是因為恐懼，無疑是某種負面狀態的緣故，然而戰鬥記錄上並沒有這種敘述。
「不是麻痺嗎……？沒辦法抵抗嗎？要怎麼去測試呢……」
霞沉著臉思考。目前遭遇條件不明，對策也不明，每次失敗都只能重新出發。
肯定有一場硬仗要打。
「可是，那是白蛇耶……白蛇耶。嗯……太讚了。」

陰暗的表情轉眼不知上哪去，霞發現寶藏似的猛點頭，樣子開心極了。

「總之再去一次看看吧，現在什麼也不知道。」

首戰結束得太快，又是單方面挨打，什麼新資訊也沒得到。

無論要死幾次都在所不惜，非得以試誤法蒐集資訊不可。

霞再次跳到谷底，這次濃霧像在等她，旋即湧上。

「哈，是把我認定為敵人了嗎，這樣省事多了……【心眼】！」

她立刻使用【心眼】並躲進附近草叢，注意周遭。不久，有窣窣窣的拖行聲傳來，預示攻擊的紅色帶域從近處經過。

「果然是進入視線才會中招……看樣子，距離沒有很遠。」

霞趁【心眼】效果持續時躲避蛇的視線，接近牠長長的身體。

「好大一隻啊……好，只能試試看再說了。」

接著拔刀發動【武士之臂】和【紫幻刀】。

這兩招的組合，曾經一口氣逼死無頭騎士，是霞所擁有的最強招式。

第一刀擊中身體砍碎鱗片，迸出傷害特效。

但才剛以為有勝算，此後的連擊和【武士之臂】就全都被發光的白鱗彈開。

「什麼……！」

連擊技能不能中途停止，霞只能看著攻擊全部彈開，自己縮成小孩。這攻擊無效的感覺不像是防禦力高，比較接近擊中無法破壞的物體。

「先看看狀況……！」

這時，霞的動作停止了。

不能自主行動，表示蛇的眼睛肯定是盯著她。

「給我個痛快！」

見到蛇首的影子逐漸逼近後，霞又被強制送回第七階城鎮。

霞馬上跑進沒有人經過的巷弄，等待身體復原並思考策略。

「也不是完全打不傷牠……但也好像打不贏耶。」

從當時狀況來看，將第一擊當作是因為偷襲才能成功打出傷害比較順當。

之後再也無法傷害蛇，攻擊也使得蛇轉過頭來。這麼說來，顯然是不該打那一下。

「那個與其說是麻痺，倒不如說比較像是定身的高階版……可是身體完全不能動，也就無法反擊……」

如果戰鬥目的不是擊敗大蛇，有可能是必須躲過蛇的視線到達某個地方，而這也是一件很累人的事。

那座谷底森林實在很大，從遇到蛇之前的地毯式搜索就能了解到那樣太花時間。

「好，先以谷底兩端為目標吧。不用再等蛇出來就算不錯了。」

若是躲躲藏藏地探索，用的又是另一種戰術了。

以霞而言，關鍵將是【心眼】吧。能事先掌握必然導致即死攻擊的定身範圍有多大，對生死有直接影響。

「今天就到這裡為止吧，道具也要重新準備好才行……再來，再去找一次青蛙好了。」

任務有進展，說不定會給一些提示。

霞今天在各階層間奔走，又在谷底搜索，花了很多時間。先前有興奮撐著，現在已漸顯疲態。任務途中的地城也讓她用掉了不少伊茲特製的強力道具，是該告一段落了，於是霞就此登出。

◆□◆□◆□◆□◆

向伊茲補充道具後，霞這天又來到青蛙的所在。對話真的有進展，青蛙出現了新的反應。

「妳真的去啦，太不要命了吧……既然我也阻止不了妳，我就告訴妳一個好消息吧。嘓嘓，我後來想起，我能活著回來應該是因為碰巧打中了牠頭上的要害。妳就挑牠眉心打吧。」

得到有用情報，霞的臉都亮了起來。

然而一被蛇瞪就再也無法攻擊，那麼這條情報的價值僅限於霞先出手的時候。

「雖然不想接近牠的頭，但還是先記住好了。」

霞確定青蛙沒有其他新情報之後，再度返回第七階。

「都第三次了，要有個成績了吧。」

霞發動【心眼】確認蛇首位置，在濃霧瀰漫的森林中躡手躡腳地前進。離蛇首愈遠，遭到即死攻擊的危險就愈低。

「最值得找的地方，就是起點了吧。」

她追溯如今只剩一條細流的小溪，往上游走。

每當【心眼】終止，她就躲進濃密草叢、小洞穴或樹上避難，確保安全無虞，等到冷卻時間過了才繼續。

以最穩妥的方式，一步一步接近谷地最邊緣的小溪源頭。

「霧變淡了……啊！那是什麼……」

霞躲到樹幹後窺探。在她視線另一頭，有大大小小的蛇聚在山洞周圍鑽動，彷彿在阻止外人靠近。大白蛇在洞裡盤了起來，占去了大部分空間。

小溪是從洞裡流出，令人不禁猜想裡面藏了些什麼。在【心眼】預示下，那許多條蛇的攻擊範圍疊得一點縫隙也沒有。儘管蛇之間強度或許有所差異，但不管被哪條蛇盯中，她都一樣完蛋。

「該怎麼做……才能突破這裡呢？」

窣窣爬行聲已經停止，白蛇也不打算離開的樣子。看樣子，她有時間慢慢地想，並等待【心眼】冷卻時間過去。

「上面……過得去。好，那麼……就跟它豁出去了！」

霞跳到樹上，撥開枝葉查看下方。從上方看，蛇的攻擊範圍一樣沒有縫隙，無論如何都需要趕走白蛇。

「上吧……！【超加速】【跳躍】【第三式・孤月】！」

她跳出樹冠，以技能在空中二度加速，劈下武士刀。

【第三式・孤月】不是只用來二段跳的技能，最後還附帶頗具威力的斬擊。

這一刀不偏不倚地深深斬過白蛇的眉心。

由於不是連擊，接下來仍能自由行動，但白蛇在她落地之前就抬頭往她瞪去。

而那也表示擋住洞口的頭移開了。

「我就是等這個！」

這麼說的同時，一陣大爆炸將她炸進洞窟裡。儘管受了不少傷，她仍連滾帶爬地往深處前進，成功躲過白蛇的視線。

「唔……梅普露做這種事竟然像喝水一樣……」

霞喝藥水恢復ＨＰ，站起身來。

她做的事很簡單，就是模仿梅普露自爆【機械神】的武器飛行，用伊茲的小型高爆彈硬吞傷害自爆，強行在空中推進。

「或許有其他方法能過……哈哈，我也不想等到找出最安全的方法再來。」

霞小心警戒著更往深處走，來到小溪的起點——一口清潭。

那裡有一條小白蛇，附有可以收服為魔寵的圖示。在霞觀察小蛇的行動時，小蛇纏著她的身體往上爬，最後似乎覺得頸邊比較舒服，停下來吐吐舌頭。

「這是在表示友好嗎？真的嗎？」

霞輕輕撫摸小蛇的頭，小蛇顯得很高興。這讓她總算放下懸著的心，跟著笑了。這時面前跳出任務完成的通知，還有個發光的戒指隨著湧泉浮起來。霞撿起戒指，緊緊握在手中。

「名字……等回到城裡再想。外面……」

霞往外望，發現濃霧已經消失，而且蛇一條也不剩，只有沉寂的森林。

「呼……這樣就能輕鬆回去了……你也會長成那麼大嗎？」

她摸摸頸邊的蛇首，對長大後的尺寸既不安又期待。

「既然任務結束了……就到青蛙那去看看吧，說不定會有新的反應。」

霞即刻造訪第四階的大青蛙，果真有點新反應。

「嘓嘓，不得了啊。妳不只活著回來，還把牠馴服了。這樣我又多一個故事能說了。有空的話，再過來找我聊聊天啊。再有什麼小道消息，我很樂意告訴妳。」

「好，我會的。」

這說不定會是日後某個事件的開端，霞便將青蛙的事留在心裡。

帶著白蛇返回【公會基地時】，成員們正好圍著結衣和麻衣聚在一起。

「啊，霞姊姊！」

「嗯？啊，那是妳們的魔寵啊？」

結衣和麻衣帶小熊來到霞面前，纏在霞脖子上的白蛇跟著爬動起來。

「啊，霞姊姊也有魔寵啦！」

「對呀，牠叫小白……會不會太單純啦？」

霞自認不擅取名，有點害羞地搔搔臉頰，但小白仍開心地鑽來鑽去。

「我覺得不錯啊！」

「對呀……我覺得很適合！」

還沒收服魔寵的三人看著因為受到結衣和麻衣讚美而更害羞的霞，覺得有點羨慕。

「喔喔，這樣就剩我、奏跟伊茲還沒有了吧。」

「就是啊～道具都做到一個段落，該到工坊外面走走了。」

「我也要趕快去探索了。這一階的重點就在這裡嘛。」

「我這邊蒐集了很多資料……希望有你們想要的。」

莎莉摸著月見和雪見，將她蒐集的資料大致說一遍。

包括哪裡有什麼類型的怪物、可能有事件的地區、需要在特定時間或擁有特定技能才會遇到的稀有怪等。有的網路上還沒有人討論，是莎莉自己發掘的。

「我和梅普露都有魔寵了，現在是負責支援。」

「說到梅普露……她怎麼不在？」

霞在大廳裡看來看去，找不到梅普露的身影。

「試都考完了，人也在線上啊……」

這時說人人到，梅普露開門進來了。

她一進門就發現月見、雪見和小白，興高采烈地跑過來。

「好可愛！妳們的魔寵？」

梅普露對三人的夥伴一陣狂摸，笑得好開心。

「基地愈來愈熱鬧了呢！」

「真的，現在可以在公會基地叫魔寵出來真好。」

朧和糖漿也都在莎莉和梅普露腳邊。這個只有八人的小公會多了會跑來跑去的怪物以後，真的像梅普露說的一樣，熱鬧多了。

「啊，對了。趁現在大家都在，我剛分享了一些資訊。梅普露妳那邊有什麼嗎？」

「嗯……有、有點不好意思耶……我現在會長觸手了喔！」

「妳說什麼？」

意想不到的回答讓莎莉忍不住反問，梅普露也老實地重複一次。

為什麼會變這樣，這階是用來把怪物收為魔寵，怎麼自己變成怪物了？這樣的疑問在場中所有人腦袋裡不停打轉，最後他們硬生生吞下，做出先看看再說的結論。

眾人來到訓練場，等梅普露發動技能。

「好～【水底的引誘】！」

梅普露發動技能的同時，舉盾的左手變成好幾條交纏扭曲的粗大紫黑觸手，左眼白變黑，黑眼珠變黃。動動左手，觸手便如手指般分為五條，再抓握似的收合。

七人看得面面相覷，交頭接耳。

「這樣太超過了吧？」

「就是啊，我懂。」

「不認識的人在野外看到她肯定會先抄傢伙。」

大人組忘了對好久不見的非人行為作反應，自己討論了起來。梅普露也猜到他們在講什麼，搖晃人手和觸手辯解。

「這、這有很複雜的原因喔……呃，好像也沒那麼複雜……可是變成這樣我也沒辦法啊！」

梅普露獲得如此畸形的一隻手，當然不是平白無故。

事情要從前些時候說起。

第三章　防禦特化與觸手

考完試之後，梅普露馬上就上線了。

由於她已經有糖漿這個好夥伴，對於找魔寵這件事一點也不放在心上。

「要從哪裡逛起咧？」

梅普露看第七階地圖擬定今天的計畫。莎莉曾說，她們需要在新任務開始或新地區上線前專心蒐集魔寵資訊。

「努力提升公會戰力，也是會長的職責所在呢！」

她雖用這樣的話來激勵自己，其實幹勁有七成單純是來自想看大家都帶著可愛的魔寵而已，但這也是正當的動機。

「這裡讓人想到第二次活動耶。這次是一開始就跟糖漿一起冒險喔！」

第七階地區和第二次活動的地圖一樣具有多種地形和環境，有各式各樣的怪物棲息。想要冰系怪物的人就往雪山走，想要火系就去火山找。

「嗯……爬山好累……」

梅普露咿咿唔唔地看了一會兒地圖，最後大大點個頭決定目的地，關閉面板。

「搞定，出發～！」

坐糖漿飛行的梅普露往下看，見到已經有玩家收服怪物，帶魔寵一起戰鬥。

「大家都在努力找魔寵耶！讓人想起剛遇到糖漿那時候呢～」

這使她忍不住猜想，有鳥類魔寵的人說不定也能騎著飛之類的事。

「要是大家都會飛就好玩了！啊，如果其他人也會飛的話，我是不是就很難慢慢飛啦？」

梅普露一邊回想有眾多玩家使用飛行器的第三階地區，乘著糖漿飛過天空。

飄呀飄地抵達目的地。

眼前是廣大的沙灘與大海，遠處有幾座島嶼，海似乎相當地深。

「好壯觀……搞不好是目前最大的喔！」

梅普露戴上呼吸管，用飛行的方式漂在海面上航向大海。與莎莉在現實世界見面時，她告訴了梅普露不少魔寵的資訊，便答應幫忙探索還沒有稀有魔寵情報的海洋區。

「划船應該很累吧……有糖漿就超輕鬆的！」

雖然推力是由【念力】提供，最多就這麼快了，但優點是無論遇到逆風還是大浪都能維持一定速度。而且梅普露自己不用多花力氣，又不怕障礙物，非常適合悠悠哉哉地探索。

「有沒有可以抓的魚咧～」

梅普露趴在龜殼邊緣，將臉探進水裡查看海中世界。海裡也有怪物，而她猜得沒錯，魚也有可以收服的圖示。

「噗哈！收服以後可以帶到水外面來嗎……？」

有這疑問後，她想到那多半會像莎莉的【古代之海】那樣纏著水在空中游泳，點點頭結束自問自答。

「可能會有海豚或鯨魚喔！不過感覺很稀有耶……」

她在海上晃來晃去，先從可能比較少見的怪物找起。找了一段時間後，她登上一座除了一棵椰子樹之外什麼也沒有的小島，將糖漿收回戒指稍作休息。

「呼咿……都沒有海豚或鯨魚耶……」

梅普露手搭在眉上，往變得好遠好遠的沙灘眺望，然後躺成大字舒服地伸懶腰。

「嗯～再來要怎麼找咧～」

在她感受著海風發懶時，附近傳來啪唰一聲，似乎有東西跳出水面。

「唔咦！有東西？」

梅普露急忙跳起來，往聲音方向看，正好見到一條黑漆漆的恐怖觸手滴著水珠蠕動而來。觸手當然沒有表情，但梅普露也看得出目標顯然是她。

「咦！……喂、哇、哇哇哇！」

她轉頭就想跑，但速度慢的她逃也逃不掉，就這樣被觸手緊緊纏住軀幹而無法抵抗，且舉上空中。

「別小看我……！【暴虐】！」

不想就此被拖進海裡的梅普露隨即發動【暴虐】，畫面變成怪物打怪物時，她發現一件事。

那就是觸手並不是要將她拖進海裡。清澄的海水出現一片爛泥般的黑霧，觸手是從那裡頭伸出來的。梅普露想要掙脫，可惜時間不夠，被拖進水中的黑霧而消失了蹤影。

梅普露感到自己穿過大片黑暗，接著是短暫的飄浮，最後摔在堅硬的地上。

「……沒、沒事了？嚇我一跳……」

確定自己還活著而試圖動動身體時，她發現自己在很狹小的空間裡，巨大的怪物型態難以動彈。會在這裡被牆卡住的，也只有她一個吧。

「只能解除了嗎……嗚嗚，好浪費。」

梅普露解除怪物型態，啪一聲落地後嘟著嘴起身。

這是個以潮濕岩石構成的洞穴，地面和岩壁上到處都有之前將她拖進來的黑霧。

「好，先探勘一遍！」

然而鑽過岩縫前進的她很快就到了盡頭。

「奇怪？已經沒了……咿咿咿！」

正想回頭時，觸手又從黑霧竄出來抓住她，拖進霧裡去，丟到只是形狀略有不同的岩縫間。

「唔唔，它是想怎樣啊？」

沒有受傷卻又回到起點的梅普露先冷靜下來思考。

梅普露對於突然被觸手抓住的經驗並不多。她趕緊確定自己有沒有扣血，而血條依然全滿。

「沒有傷害，總會有辦法的！很好！」

對自己這麼說之後，梅普露開始一個個測試散布於整個空間內的黑霧。

她發現每個黑霧都會伸出觸手，而這個觸手不是每條路都一樣，數量和綑綁的強度有所差異。

如此一來，梅普露也曉得自己該怎麼做了。可能是有多種路線通往終點，有的輕鬆有的累，或者是只有一條正確的道路。

「唔唔唔……這種事是小奏比較拿手，可是這裡不像有魔寵耶……」

梅普露實在不想向奏推薦這種莫名其妙的觸手，再說走出去以後有沒有能收服的怪物也不曉得，也不知道該往哪裡走才對。於是她準備用遇到死路就回頭的無腦走法，只管前進。

下定決心出發，她似乎選到辛苦的路，大量觸手抓住了她。捆得很用力，一般玩家應該會受傷，還有幾條朝她掃來。

「這麼軟Q的觸手對我沒用啦！【全武裝啟動】！」

梅普露以量制量，全身長出武器灑出大量槍彈。不知是牆太硬還是黑霧的影響，槍彈擊中牆壁就改變方向，在狹窄的空間裡瘋狂亂跳，到處擊傷觸手。

「哇哇哇！好會跳喔！奇怪，感覺打中很多下啊，沒受什麼傷……是因為滑溜的外皮會減傷嗎。」

或許是子彈滑開了，儘管能對觸手造成傷害，效率比平時還要差。

於是梅普露再使出【毒龍】和【暴食】，而觸手也受不了她的攻擊全餐，被她轟斷。

「觸手不尖銳，應該沒有穿透攻擊，可以走很遠吧。」

梅普露就這麼在洞窟中大步前進。路上是有幾處觸手較多的地方，可是對她來說每條路都只是單純的通道。無論難躲還是傷害高，攻擊或綑綁，都無法傷害梅普露，突破只是時間問題。

「呼，走得很遠了吧，氣氛不太一樣了……」

然而也只是地上有枯骨，牆上有乾血，出現各種生物死亡的痕跡。

「把我抓進來這裡，是要存起來吃嗎？」

似乎要利用這個空間，在實際吞食前先削弱獵物。

事實上，梅普露也為了擺脫惱人的綑綁而用了不少槍彈。

「現在回去也太可惜了……省著點用吧。」

會綑綁並攻擊人的東西當然絕非善類，最後免不了有場戰鬥。梅普露一邊休息，一邊思考好方法。

「嗯……下次被抓再想吧！反正不會受傷！」

無論有何方法，都得先引出觸手才能測試。於是梅普露先將對策擺一邊，繼續往深處走。

不過此後似乎都選到輕鬆的路，兩三下就打發掉觸手。

「呼～又前進一大段了呢。」

鑽過幾條岩縫後，她遇到布滿一整面牆的黑霧。梅普露一站到黑霧前，一條過去都不能比的巨大觸手暴伸過來，轉眼就將她完全纏住舉到空中，力量和速度都截然不同。

「全武裝啟……哇！」

還來不及啟動武器，梅普露已經消失在黑霧裡。

被特大號觸手抓進黑霧的梅普露啪唰一聲摔在積水的地面上。

「哎喲喲，到終點了？」

她環顧四周，發現這個空間像是魔王房。周圍全是沒有出入口的岩壁，腳下有層積水。積水又濃又黑，看不出哪裡藏了些什麼，讓她不敢隨便移動。這時一道比她摔下來時更大的水聲響起，觸手伸出水面。

觸手又粗又大，彷彿本體就藏在那底下，嚇得梅普露不禁後退一步。

「啊，我記得……」

梅普露警戒著深水跑離觸手，並操作道具欄，取出的當然是伊茲做的道具。即使是練不了潛水技能的梅普露，也能在水中多待一段時間。

「好，萬無一失！儘管放馬過來！」

轉身備戰的她，見到巨大觸手填滿了她整個視野。

觸手將她一圈圈用力纏住，舉上空中。根部的黑水感覺特別深，那裡就是觸手要將她拖下去的地方。

「！」

梅普露注意到這一點的同時打出【暴食】。水中出現血條，ＨＰ扣得很少，但那一擊使觸手鬆脫，讓梅普露往下溜而脫身。

「好、好險啊……哇！太多了吧！」

觸手在梅普露眼前啪唰啪唰地伸過來。

這次她用塔盾穩穩擋下想重新抓住她的觸手。【暴食】隨之發動，觸手卻沒有受傷，直接化為黑霧而消失。

「假的？是喔，也對啦！」

沒有生物有那麼多觸手，肯定是有實有虛。不過現在不是為理解這點而高興的時候，梅普露背後有觸手貼地揮掃，將她打上空中。

即使知道有實有虛，現在的她也沒有分辨的手段。

「哇！呃，好！沒傷害！」

飛上天的梅普露表情從容地墜落，準備反擊。

可是途中幾條觸手消散成黑霧而擴散，梅普露整個人掉進去，忍不住閉上眼睛。那並不會痛，就只是著地失敗而整張臉撞在地上。當然，這樣也沒有傷害。

「好，反擊！【毒龍】！」

梅普露急忙起身，手往前一揮，結果應該要有的短刀不見了。

「咦？」

傻愣的梅普露查看全身，發現黑甲和塔盾也都沒了，是令人想起遊戲初期的新手裝狀態。混亂當中，她的裝備這才從黑霧掉下來。

「啊！那是我的！」

梅普露有很多脫掉裝備就不能用的技能，急著想過去撿，但又被觸手捲起來往水裡拖。

「唔唔唔唔！這麼多手太奸詐了啦！」

無力抵抗的她就此沒入水中。如果【ＳＴＲ】夠，或許還能掙脫，可是全點防禦的梅普露不可能辦到。她焦急地往上看，發現上面像之前的路一樣，到處有觸手從黑霧伸出來等著她，不讓她輕易逃離。

「……嗯～！嗯嗯……嗯！」

愈來愈接近水底的梅普露終於見到觸手的真身。這個血條上沒有魔寵圖示的怪物，是個有數十公尺大的章魚，黃色的眼瞳散發出妖異的光芒。

儘管有伊茲的道具，超過能待在水下的時間依然會扣血而亡。如今梅普露裝備遭奪而失去對抗手段，很難回到水面，於是她決定賭一把。

「【全武裝啟動】【開始攻擊】！」

梅普露先在水中開啟武器，藉自爆炸開觸手掙脫束縛。

並以爆炸的推力移動，但不是往水面，而是水底。她在水底發現一個沒有觸手的地方，覺得在那裡可以自由移動。

她再度自爆武器，這次衝向章魚本體。而章魚也似乎跳過前置步驟，直接進入像是吞食的動作。

梅普露也在等這一刻般又啟動武器，以自爆進一步加速，往章魚嘴衝。成為人肉砲彈的梅普露撞開了沒有完全張開的嘴，一路衝進胃裡。

不出所料，裡面果真沒有水，成功脫離了水下判定。這一把是梅普露賭贏了。

「呼……幸好之前有被吃過……能了解莎莉為什麼常說預習很重要了～」

梅普露重新啟動武器，總算能開始反擊。

章魚讓如此劇毒（梅普露）進入體內，是個天大的錯誤。隨著梅普露喊招式的聲音，大量槍彈在牠胃裡跳動，同時爆出數不清的紅色特效。

「好！雖然這裡子彈也會滑……能多跳幾次就補回……來、哇！」

在梅普露依計開火時，胃裡也冒出了黑霧，巨大觸手伸出來打飛了她。

「咦！為、為什麼！這是身體裡耶！」

觸手與進來時相反，以極快速度推回梅普露，吐出來似的彈到水裡。好不容易計畫得逞卻又回到水裡後，梅普露重新做起返回胃裡的準備，並想著如何對付胃裡的觸手。

就這樣，需要進入胃裡的獵食對象梅普露，和不能讓劇毒進入胃裡的獵食者章魚開始纏鬥。

梅普露被彈到章魚體外後往上一瞥，確定自己和水面之間依然有觸手等著，便決定擱置裝備，再度成為人肉砲彈衝向章魚嘴。

「這次不能被頂出去……！」

她在胃的入口用【長毛】增加體積，再用【結晶化】變得像石頭一樣硬，讓自己牢牢卡住，章魚就像吞了塊大石頭。雖然不會被牠吐出去，梅普露自己也完全不能動彈，不過進入結晶毛球狀態就等於是要自爆了。這時，來自黑霧的觸手往她探出毛球的臉上擠，想把她推出去。

毛球卡得十分牢固，觸手變成只是在她臉上壓來壓去而已。

「你不是抓我進來吃的嗎！想跑的話就換我吃你嘍！……啊，對喔，這樣就行了嘛！」

梅普露在【結晶化】結束之前不能移動，為了多少賺點傷害兼報仇，她往在臉上推的章魚腳張嘴就咬。纏繞黑霧的章魚腳看起來有點毒，但不枉牠是基於現實生物所設計的，吃起來只是單純的章魚。跟梅普露堆在道具欄裡那些從名字就知道是毒物的水果、看起來就不能吃的蕈類相比，味道正常多了。

「唔咕……沒想到還滿好吃的嘛。」

啃到【結晶化】效果結束，梅普露立刻以砲擊點燃羊毛裡的所有炸彈，並利用這陣瘋狂爆炸，從壓力的唯一出口——嘴巴衝出去。

「嗯！」

包含口中從黑霧伸出的章魚腳在內，上面那些觸手似乎也因為受到傷害而消失了。

梅普露把握機會，重啟武器浮上水面。

「噗哈……！好，趁現在！」

她趕緊穿回裝備，警戒觸手的動靜，免得又被拖回水裡。

從衝擊中平復了的章魚又揮動足以刨開地面的觸手，甩著水攻來。

「【凍結大地】！【獵食者】！【毒龍】！」

梅普露的【凍結大地】在觸手擊中之際將它凍得再也不能動，她緊接著放出兩隻蛇怪肆意啃咬並轟出毒液，自己也補上一口，愈嚼愈有滋味。不知是表面被爆焰烤得焦香，還是【毒龍】起到醬料的作用，味道跟先前不同了。

目的略有不同的攻擊結束後，梅普露舉起塔盾，藉自爆衝進開始動作的大批觸手。

「哇！弄斷了！」

被【暴食】從中截斷的觸手掉在一旁，其他觸手也跟著癱軟地倒在淺水裡。

梅普露覺得這是個好機會，舉著塔盾衝過去。

觸手被塔盾一條又一條地撞斷而飛起。自爆飛行時雖做不了複雜動作，直線衝撞的性能倒是極為優異。

一次擊倒就剷除所有觸手後，梅普露面前出現巨大黑霧，水底的章魚和觸手一樣軟趴趴地傳送過來。

「好耶！趁現在……好！」

梅普露跑到章魚嘴邊，看透弱點似的將砲管塞進去，又在牠體內製造跳彈風暴加速扣血，自己和【獵食者】一起啃章魚腳。

「嗯呼呼，唔咕……比想像中好吃多了，斷掉的不曉得能不能帶走。」

再往章魚血條看時，ＨＰ只剩下一點點，章魚本身也沒有行為變化。看來她這波死不休的體內攻擊非常有效。

「對了！乾脆最後一下也……」

梅普露用射擊將章魚打到只差一下，最後再往章魚腳咬一口。章魚就此化為光而消失，只有觸手殘肢留下。梅普露往觸手看，想像給伊茲烹調過之後會變得多好吃。

然而觸手忽然噴出黑霧，體積變得很小，顯然不是吃也吃不完的尺寸。梅普露有點遺憾地將它們全部撿起來。

「很好，還附送技能！」

梅普露點開技能面板，找到沒看過的一項。

【水底的引誘】

以觸手束縛或攻擊來麻痺目標。

自身【ＳＴＲ】高於目標愈多，束縛得愈久。

「讚啦～！嘿嘿嘿，拿到技能就要練熟一點！呃……【水底的引誘】！」

結果什麼事也沒發生，原來是ＭＰ不足以發揮技能。梅普露想了又想，最後放進塔

盾的技能格裡。【暴食】雖有次數限制但不耗ＭＰ，技能格每天免ＭＰ施放五次技能的特效形同虛設。裝了【水底的引誘】就能充分利用這個優惠，非常適合她。【ＳＴＲ】的部分就只能當作不存在了。

「好……再來一次！」

梅普露重新發動技能，只見持盾的左手變成近兩公尺的紫黑觸手。這個冒著黑霧的東西，顯然不該出現在人的手臂上。而且或許是因為原本持盾，連盾也變成了觸手。盾的形影一點也不剩，蠢動個不停。

「唔……不應該吃的嗎？」

接著她踏上後來出現的魔法陣，想到外面去試技能。魔法陣另一邊是被抓之前的小島，她收起呼吸管，對水裡的魚伸出觸手。

「會麻痺嗎～？」

動動左手，彼此糾纏的觸手便大大張開，將魚包起來。

「好耶，抓到了！」

梅普露用力縮緊觸手，包在觸手裡的魚就這麼消失了。將觸手抽出水裡打開一看，什麼也沒有。

沒錯，那是因為這個技能裝在塔盾上的緣故。在麻痺生效之前，留在觸手上的【暴食】會先起作用。儘管依然有次數限制，能抓住目標使其消失的觸手實在很不是人。

「要、要怎麼跟大家介紹啊……？」

不久之後，想不到怎麼用日常話題帶出來的梅普露最後還是一五一十照實說了。

750名稱：無名巨劍手
大家都拿到魔寵了嗎？

751名稱：無名長槍手
我還在看情況。
養壞了再移情別戀就太慘了。

752名稱：無名弓箭手
已經找到像是稀有怪，條件又比較鬆的了吧。

753名稱：無名魔法師
現在大多是動物型，我想要硬梆梆的魔像。

754名稱：無名塔盾手
我們公會已經有幾個人拿到了。

755名稱：無名弓箭手
梅普露有拿到新夥伴嗎？

756名稱：無名塔盾手
可說有，也可說沒有。

757名稱：無名巨劍手
這樣啊……所以是什麼？

758名稱：無名塔盾手
恐怖的觸手。

759名稱：無名魔法師

這又是哪招。

760名稱：無名塔盾手
這個嘛……不知道該說是夥伴還是吸收到身體裡了……她的手會變成觸手。

761名稱：無名長槍手
那實在不是人會拿來當夥伴的東西。

762名稱：無名魔法師
人型和怪物型之間多出了過渡型嗎？

763名稱：無名弓箭手
什麼人型啊。
喔不，是沒錯啦。
那她人體還剩多少……？

764名稱：無名塔盾手

還真的是介於人和怪物之間的感覺。
效果就等到以後有活動再親身體驗吧。

７６５名稱：無名巨劍手
以梅普露的能力值來說，被抓住也跑得掉吧？

７６６名稱：無名長槍手
軟趴趴ＳＴＲ。

７６７名稱：無名弓箭手
正常人看到眼前的女孩子一隻手變觸手都會傻掉，恐怕躲不過第一下呢。

７６８名稱：無名塔盾手
我懂。我就是這樣。

７６９名稱：無名魔法師
這一階應該不是用來吸收怪物的吧……

770名稱：無名巨劍手
下次活動就能看到變成奇美拉的梅普露了。

771名稱：無名弓箭手
就算可以帶怪物在路上走，帶最終魔王實在是……

772名稱：無名長槍手
沒有主人也一樣長得頭好壯壯呢。
這次的食物是觸手嗎？

773名稱：無名塔盾手
梅普露還把帶回來的觸手做成章魚燒吃掉了。
會冒出不是煙的黑霧還吃喔！

774名稱：無名魔法師
怎麼亂吃那麼危險的東西。

在這聊天的五人，都不曉得梅普露曾經生吃那個觸手。

梅普露展示她的觸手後幾天，還沒取得魔寵的三人聚在【公會基地】討論要找怎樣的魔寵。

「我大部分都是填補大家不足的地方，所以與其找某方面特別突出，不如找可以靈活變化的比較好。不過我已經有目標了啦。」

【大楓樹】裡唯一的純魔法師奏，把玩著他愛不釋手的魔術方塊型法杖並這麼說。他的戰術變化非常靈活，因此變化度高這個要求自然門檻也高，恐怕只有稀有怪才可能勝任。

「我比較適合治療能力高的吧，我們這裡剛好也沒補師……不過我大概要等現在的任務跑完再來找。」

和梅普露一樣的塔盾玩家克羅姆對奏點點頭，也舉出自己的魔寵條件。克羅姆和梅普露的不同之處，在於他的強韌是來自持續補血的技能。若能獲得他想要的魔寵，其韌性將更上一層樓。

「我要找的是適合工匠的吧，應該不會只設計用來戰鬥的才對。情報差不多快出來了吧。」

工匠伊茲先前都在幫成員們製作協助探索的道具，自己現在才準備開始探索。然而既然決定了適合工匠這個方向，相信能縮短很多蒐集資訊與探索的時間。

總而言之，三個人都想找到能發揮各自強項的魔寵。

但就算出現了合適的怪物，有多種能挑當然更好。更進一步地說，【大楓樹】在活動裡的對手是遊戲中最頂尖公會【聖劍集結】與【炎帝之國】，最好是具備能與他們對抗的潛力。如此一來，勢必需要慎選魔寵。

「魔寵都找完以後，就比較能大家一起行動了。好，就在今天內結束吧！」

克羅姆這就起身。既然各自所需不同，只好各走各的路。想在第七階全體活動，還要一點時日。

「慢走喔。我到城裡逛一逛。」

「我也來逛，說不定會找到任務。」

三人就此帶著不同目的離開基地。

◆□◆□◆□◆□◆

「話說回來……我也不曉得從哪找起呢。」

奏在廣大的城鎮中獨自漫步。他打算先從尋找城裡是否有明顯變化找起。

「NewWorld Online」裡，新任務大多會伴隨新NPC一起出現。

奏在探索城鎮的過程中，會一併記住路上所有NPC的長相。

只要和城鎮現況對照已知任務或NPC的位置資訊，即可找出過去沒有的NPC。

今天奏也和平時一樣，在城裡作定期調查。但這座城市剛上線的第七階城鎮，沒那麼容易像霞那樣找到新任務。

「……喔？」

經過幾天尋找未果，奏不抱希望地哼著歌到處逛時，發現眼角餘光有名男子走過。他配戴市售的斗蓬和長劍，小盾和輕甲，看起來像隨處可見的NPC。

然而奏對他一點印象也沒有。在記得所有NPC長相的奏眼裡，這個平凡的男子十分突兀。

「跟過去看看好了？反正閒著也是閒著。」

奏不再閒晃，跟著男子走。

男子沒做什麼，就只是在城裡走來走去。奏並不感到不耐，一路笑嘻嘻地保持一定距離跟蹤。

一段時間後，男子突然稍微改變路線，慢慢走向沒什麼人出入的巷弄，進入民宅。

奏也跟上去偷偷開門。

「沒人……？」

奏確定對方進的就是這扇門，所以是消失了沒錯。

「最近還滿常上線的……應該不會搞錯才對啊……」

雖然之前剛好都沒遇到對方的可能並不是零。

可是奏的直覺告訴他事有蹊蹺，便決定在屋裡搜搜看，結果什麼也沒找到，於是他在房裡的椅子坐下。

「呼～這房間應該有問題才對啊。」

奏站了起來，手扶上門把準備離開。

「…………什麼都沒有嗎？」

他就這麼喃喃地出去了。

「騙你的。」

但他隨即又轉身進屋去。那奇怪的感覺果然是其來有自，沒找到原因他絕不善罷干休。奏將注意力都放在背後，開門時發現了細小的怪聲。

「哼……」

回到屋裡的奏，見到的是相同的裝潢，一樣的桌椅、床鋪、書架，但他不會沒發現書架上有本書不一樣了。

「就這裡吧。」

奏伸手摸書，書立刻變成透明且崩垮成史萊姆狀逃出他手中。

「終於找到了。城裡的圖書館也會有有用的記載嘛。」

他所找的怪物，即是能複製物體外表並加以模仿的史萊姆。發現史萊姆的同時，他也觸發了任務。

【反映之鏡】

任務項目：擊敗任務怪物【鏡史萊姆】。

「【反映之鏡】啊，不錯喔。」

奏當然是接受了任務，離開民宅走向野外。任務雖沒有指出怪物的位置，但奏已經知道它要去什麼地方——他推測有任務的所在是一座充滿巨大結晶，斷面如鏡面般反射倒影的洞窟。

「如果它的能力跟我想像中差不多就好了。」

最近戰鬥不多，魔導書庫藏很充足。奏快步邁向洞窟，希望能速戰速決。

來到目的地後，奏叫出書櫃隨時備戰，邊走邊尋找史萊姆的蹤影。若提示沒錯，應該就在這裡才對。

雖然洞窟並不大，但由於到處都是反射率高的水晶，整個像鏡屋一樣，探索起來極為困難。

……不過換智力超群的奏來找就不一樣了。他輕而易舉地分辨出正確路線，以魔導書消滅路上怪物。

「……找到了。」

奏不久便以最短路徑抵達最深處。乍看之下什麼都沒有，可是對他來說，看穿以擬態潛藏其中的史萊姆並不難。

反射奏身影的鏡面結晶軟化崩解，恢復原來的史萊姆型態後又變成其他形狀。透明的身軀產生顏色，細節也一一成形。

「原來如此……會打得比想像中更久吧。」

奏喃喃地說。站在他面前的，是個與他一模一樣，有如鏡中倒影的奏。

對方身邊飄浮著相同的書櫃，裡頭裝滿了書。

這讓他想起梅普露和莎莉在第二次活動與分身怪戰鬥的事。

「來，一較高下吧。」

隨著奏從書櫃取書，史萊姆也取出同一本書。既然是使用相同技能，那麼優劣將取決於使用方式。奏記得每一本書的位置，甚至光看書背就知道哪種魔法會在什麼時機以多大範圍施放。無論對方使用什麼手段，他都能瞬時找出方法應對，正確迴避。

就像霞的【心眼】那樣，他能完全掌握危險區域。

「【火焰魔彈】【死靈之聲】。」

化為奏的史萊姆取出兩本書，射出會自動追蹤的火團，並施放具有即死效果的廣域魔法。

「哇，【抗魔護壁】！【祝福之紗】！」

奏在史萊姆出招前就知道對方用什麼技能，祭出只對魔法有效的強力護壁，在身上罩上一層能持續補血並免疫即死的光膜。業火擊中護壁而爆散，淒厲的死靈哀號在光的籠罩下消失。

「稀有的用得那麼開心……這樣很難留耶……」

奏的技能讓他儲存了大量魔導書，但全都是一次性效果。奏需要為日後的活動保留強力魔法，史萊姆卻可以恣意使用。因此他能躲的必須盡量躲，怎麼也躲不掉的才用防禦魔法應付。

「幸好它好像不怎麼會配？不過這樣也夠討厭了。」

拉開距離互丟魔法會沒完沒了，於是奏衝上前去，對方以大浪、地裂和雷電迎擊。

「【魔力飛行】【威力衰減】【反魔法】！」

奏以魔力飛行浮起，避開地裂並加速，至於雷電和大浪就只能用雙重減傷硬擋。

只要撐過去，【祝福之紗】就能補回減損的ＨＰ。那是相當稀有的技能，恢復量自

然也高。

強行突破大浪後【魔力飛行】效果結束，奏回到地面，而史萊姆也在這一刻翻開更多魔導書。這次地面有顏色駭人的花田擴散，空中有數道鎖鍊往奏射去，前方則有風雪撲面而來。

「我也好想用得這麼大方喔。【全面抵抗】【火焰風暴】【召喚：誘餌】！」

奏跳躍著縮短距離，使地上毒花噴發的異常狀態花粉失去效用，以熱浪反制風雪，用誘餌誤導鎖鍊。

毫無延誤的應對，讓奏終於貼到史萊姆身邊。

「嗯，動作果然不會那麼完美。」

奏拿出幾本魔導書，要一口氣大反攻。那全是完全無法減傷最高級攻擊魔法，儘管射程很短，以現在的距離而言不成問題。

「【破滅吹息】【天譴】【重力斧】！」

黑炎與雷電般的光輝，劇烈焚燒被看不見的力量打趴的史萊姆。它使用的防禦魔法全部不具意義，史萊姆轉眼消失，地面留下一顆像是休眠狀態的透明核心。要是讓它拉開距離，戰鬥會被自己豐富的防禦魔法拖得很長，最後是奏把握機會一舉解決的作戰成功了。

「呼……既然能模仿到這種程度，不躲起來也可以打吧……我看看。」

奏撿起核心查看，說明表示對它使用五十種技能或魔法就能使其復活，成為夥伴。

「五十種啊。好吧，介紹上說它會為了看書吸收知識而變成其他生物嘛。」

這數字感覺不少，但只要挑不重要的技能來學便可能達成。而奏甚至不用特別另外學，他當場就使用五十種似乎沒用處的魔法。雖然耗用了魔法書，那也是換取目標魔寵的必要經費。當他使出第五十種魔法，核心又軟化成史萊姆的型態。

同時，奏手上留下一枚和梅普露她們一樣的「感情的橋梁」。

看來任務到此結束，奏隨即查看成為他夥伴的史萊姆能力。

鏡史萊姆

Lv1　HP200／200　MP200／200

【STR　10】【VIT　20】

【AGI　45】【DEX　50】

【INT　80】

技能

【擬態】【休眠】【甦醒】

「比想像中還強耶。可以在第七階當戰力的話，也是應該的吧。」

這開心的誤算讓奏很高興。接著，他想到自己也得和梅普露跟莎莉一樣，幫魔寵取個名字。

「名字嘛……嗯～就叫【湊】吧。來，【擬態】。」

奏戴上戒指後對湊下指令，湊立刻變得跟奏一模一樣，當然飄在身旁的書櫃內容也完全相同。不只比結衣和麻衣更像，幾乎就是同一個人，臉上都帶著得意的笑容。

「嗯，真不錯！……原來如此，技能威力減半啊。不過也夠了啦，強項不是在傷害上。」

當然不至於保持敵對時的能力，但魔導書數量倍增這點依然不變。

「再來就看能控制到什麼程度了……不過也要養大以後才知道。」

奏感到未來能使出更有趣的攻勢而嗤嗤竊笑，湊臉上也一樣泛起動鬼腦筋的笑。

第五章　防禦特化與同行

「我看看……有消息了沒呢。」

伊茲在其他玩家將城鎮調查得差不多時查找魔寵資訊。

將莎莉替她整理的部分看完一遍後，她來到城鎮設置的資訊公布欄。她先前幾乎都關在工坊裡做新道具，很久沒有為調度新材料以外的原因出門了。

「呃……怪物資訊在……」

伊茲在能收為魔寵的怪物頁面見到一大排列表，能夠輕鬆收服的強力魔寵在城裡相當常見。

「以不是稀有怪來說已經很強了耶。莎莉也有幫我找這種怪的資料……可是適合工匠的嘛……」

看著看著，她發現一個最近發現的怪物。

製造出這個城鎮開放的新道具到一定數量後，才能接到這個任務。發現這個任務的玩家，也是和伊茲一樣始終關在工坊裡做道具。

若能完成任務，很可能會獲得小光球外表的精靈。不過目前還沒有人完成，因此能力不明。

「嗯，這不錯！就選他好了。」

第七階上線以來都忙著製造道具的伊茲，早就輕鬆達成數量條件，便勢在必得地直接前往提供任務的工坊。

工坊路程不遠，外觀是個民宅，屋頂上有根大煙囪。牆邊堆積許多像是裝滿材料的木桶和木箱，從窗口可以見到裡頭擺放著各種伊茲熟悉的製造機具。

「就是這裡。條件滿足的話就會接到任務才對……」

伊茲開門進入工坊。

裡頭有個白鬍鬚一大把的老爺爺。狹小空間裡到處是各種老舊器具，透露他已在工匠之路上奉獻一生。伊茲四處張望時，老爺爺開口說道：

「妳會來到這裡，就是希望獲得精靈的幫助吧。哼……看來妳是有點本事，等我一下。」

隨後，伊茲面前跳出藍色面板，任務來了。

【三道考驗】

任務條件：將以下三樣指定道具強化到最高級，並賦予指定能力後回報。

「這【三道考驗】好像很硬耶……」

伊茲當然是接下任務，等候老爺爺反應。

老爺爺從抽屜拿出一張紙交給伊茲，上頭寫著三樣道具的名稱。

「精靈是很現實的……如果有他們的幫助，是可以做出很棒的產品……可是妳也要夠格才行。」

總之就是需要做出這三樣道具，讓精靈認同她的能力。

「這個……好，我知道了。」

伊茲點點頭，決心完成之後再回來，就離開了工坊。這三樣道具，就連進入第七階後埋頭製造道具的伊茲都沒見過。雖然紙上還寫了製法，但需要反覆用複數道具組成新道具，得耐著性子做。

「費工倒是還好啦……問題是……」

任務道具的材料大多是來自強力怪物，專注於工匠能力的伊茲難以獨力戰勝。

「只能請人幫打了。」

她跟著查看公會成員有誰上線，返回【公會基地】，路上在廣場遇見梅普露和【炎帝之國】的會長蜜伊。她們也注意到伊茲，梅普露用力揮手。

「梅普露啊，辛苦啦。怎麼樣，逛得順利嗎？」

「順利！今天蜜伊還找我幫她練功喔。」

「哎呀，這樣啊。那今天不能找妳幫忙了……」

梅普露歪頭問伊茲需要什麼，伊茲便將先前的任務告訴她。

要不是和蜜伊有約在先，梅普露也很想幫忙。一旁的蜜伊若有所思地捂著嘴，等伊茲說完任務的事後提議說：

「原來是這麼回事，那我們三個一起組隊吧？聽起來，妳是要去很難打的地方嘛？那麼在那裡我們一樣能拿到不錯的經驗值。」

「可以嗎，蜜伊？」

聽梅普露這麼問，蜜伊從只有她看得見的角度眨個眼睛。

「當然可以。而且，哼哼……這樣可以看看競爭對手現在的實力。」

這是蜜伊的真心話，但一部分動機就只是想幫梅普露她們，跟她們一起玩而已。

「那真是太好了，可以請妳幫這個忙嗎？當然，我一定會好好支援的。」

「好啊，無所謂。」

「那就走吧走吧！」

伊茲這就帶路，兩人跟在後頭。由於梅普露幾個不常去火山地帶，材料很缺，那即是她們第一個目的地。

「還滿遠的……要用【暴虐】嗎？還是坐糖漿過去？」

「動不動就遇到怪的話會很花時間……坐糖漿會比較好吧。」

這時蜜伊打斷兩人的討論。

「我有更好的方法。哼哼哼……會飛的不再只有梅普露一個嘍。【甦醒】！」

蜜伊的戒指隨呼喊發出紅光，一隻有著長尾的橘紅大鳥出現在她手臂上。翅膀尖端拖曳著紅色火舌，顯然不是森林隨處可見的平凡鳥兒。

「喔～！那就是妳的魔寵啊！啊，其實我今天本來就打算請妳給我看一下啦～」

「有意思……是以不死鳥為概念吧……」

見到梅普露興奮得直嚷著好帥，蜜伊更驕傲地對魔寵下指令。

「伊葛妮絲，【巨大化】！」

名叫伊葛妮絲的火鳥當場變成能讓她們三個騎在背上那麼大。

「騎她的話馬上就到了，我們走吧！」

蜜伊伸手幫爬不太上去的梅普露，而梅普露趁機偷偷說：

「妳今天好興奮喔。」

「唔，因、因為我想趕快給妳看嘛！怎麼樣？」

「嗯，超帥的啦！」

梅普露的稱讚讓蜜伊滿足地笑時，伊茲也騎了上來，三人一起飛向火山。

不愧是鳥型怪物，伊葛妮絲飛行速度很快，不久便抵達目的地，三人從火山口上方往裡頭窺視。

「就是這裡面，應該有地城的入口。」

「好，交給我。這裡我很熟，伊葛妮絲就是在這裡找到的。走吧，伊葛妮絲！」

蜜伊對伊葛妮絲下令，往火山口下降。途中在岩壁上出現小徑，最後有個狹窄的入口。

「就是那了。伊葛妮絲太大進不去，只能用走的。」

讓梅普露和伊茲落地後，蜜伊使伊葛妮絲恢復原狀。

「那麼，妳要找什麼東西？」

「一些路上的礦石跟植物，還有魔王岩漿龍掉的材料。」

「咦～這裡還會有植物喔……」

「現實是不會有吧。我要的是很容易漏看的紅色植物，注意點找吧。」

需要在火山裡尋寶的是伊茲，三人便以她帶頭，排成一列在洞窟中前進。梅普露發動了【獻身慈愛】，找起來很安全。洞窟是採蟻穴構造，由幾個房間與細小通道構成，最深處有座岩漿池，岩漿龍就在那裡。

「蜜伊，火屬性的怪物妳比較難打吧？」

「啊，不好意思，我也有所成長了。等等就讓妳們見識一下。」

伊茲一路上努力地採集礦石和植物，而梅普露和蜜伊的採集技能都很低或根本沒有，所以她要的稀有材料只有她自己能採，兩人便專心保護她。

採著採著，幾個巨大火球帶著啪嘰啪嘰的燃燒聲跳出來。它們似乎具有意識，張開大嘴製造小火球。

「要在它們變得太多之前解決掉。【炎帝】！伊葛妮絲，【續火】！」

見到蜜伊和伊葛妮絲開始戰鬥，梅普露也叫出糖漿並【巨大化】。

「嗯！【全武裝啟動】！【毒龍】！糖漿，【精靈砲】！」

梅普露像平常那樣亂槍掃射加噴毒。對方是火球，所以不用【大自然】綑綁，直接以高威力的【精靈砲】攻擊。

蜜伊更從她身旁奔上前去，以火球攻擊。

對於時常跟蜜伊組隊打怪的梅普露來說，她與過去的不同之處相當明顯。

伊葛妮絲以固定間隔噴射的火焰在空中飛舞，每當與蜜伊的火球接觸，蜜伊身上就湧現出狀似火焰的紅色靈光，提升攻擊力。威力遠高於梅普露的射擊，即使是屬性相衝的火系怪物也一樣焚滅。

「我的火力強多了！【豪炎】！【蒼炎】！」

直衝洞頂的紅藍雙焰燒得火球怪物毫無招架之力。雖然那也燒光了MP，但梅普露幾乎沒做多少攻擊，怪物就全滅了。

「喔喔～！好強的威力！」

「那當然。妳本來就是都在撐防禦力吧？或許妳以前的攻擊力很可怕，但現在說不定已經被我超過了。」

「唔唔……真的。【毒龍】這些我從剛開始就用到現在呢。」

採完了的伊茲目瞪口呆地看著這一幕，直到戰鬥結束才回魂跑來。

「妳的火力真的好厲害喔……啊，對了對了，這給妳。這是我特製的藥水，謝謝妳護送我。」

「嗯，太好了。那我不客氣嘍。」

蜜伊拿了就喝。這一瓶就補滿了她的ＭＰ，還暫時提升自動回魔量跟魔法傷害。見到持續時間，蜜伊顯得很不好意思。

「唔，這個藥水很貴吧，就這樣給我好嗎？我沒看過這種效果。」

「我剛說啦，是我特製的。呵呵，要喝多少有多少喔。」

「這樣啊……也對，妳是【大楓樹】的人嘛。」

蜜伊想起【大楓樹】在第四次活動中能有充裕物資，全拜伊茲所賜。

「平常我都是後援……根本不會有人這樣對我說，感覺好新鮮喔。」

【大楓樹】裡都是走到哪輾到哪，好像怕人不知道他們異常的玩家，不過他們所使用的道具，以及第四次活動公會對抗賽裡葬送許多玩家的炸彈，都是出自伊茲之手。她乍

看之下毫無戰力，但只要隨便丟丟強化過的炸彈，能力不夠強的玩家或怪物都要炸得粉身碎骨。

「總之這樣就不用擔心ＭＰ跟ＨＰ了，再怎麼樣都一定打得贏。」

靠梅普露【獻身慈愛】的廣域防禦能力可讓蜜伊不損血，ＭＰ又能用伊茲的藥水瞬間補滿，使得她皮薄加ＭＰ消耗重的缺點就沒了。

「攻擊都看妳的嘍！」

「好，到魔王之前都能輕鬆打吧。」

在了解地城內部的蜜伊帶領下，伊茲一邊採取所需材料一邊前進。如同蜜伊所宣告，儘管路上出現的怪物全是火屬性，她仍以不像屬性相沖的速度迅速擊破。

三人就這麼一路殺進最深處。

那是個由熾烈岩漿堆積成湖的廣大空間，能走的地面也有岩漿噗噗噗地噴發。

「唔，走在上面好像會受傷，不能用走的嗎……」

「不，這裡沒有地形傷害。不過怪物也因此比較強一點。」

梅普露想起上次活動中讓她傷腦筋的地形傷害，知道這裡沒那種機制後鬆了口氣。

「開始了，來嘍！」

「嗯！」

「好！」

蜜伊造出火球，梅普露啟動武器，伊茲搬出炸彈。當三人都準備好的同時，只見岩漿隆起並炸開，一頭全身凹凸不平，岩漿滴個不停的黑龍現身了。這次梅普露和伊茲都隨著蜜伊向前衝，逼近黑龍。現在是打魔王，需要盡可能讓對方多添點傷害。

「我也有新招……【水底的引誘】！」

在直線移動上，自爆武器飛過去的梅普露比蜜伊更快。而且是往慢慢爬出岩漿的黑龍腦袋飛，像是要直接撞上去。見到她左手變成散發黑霧的巨大觸手，蜜伊也看傻了。

「殺——！」

糾纏的觸手如怪物張開大嘴般猛一分成五條再閉合，包住龍頭。同時觸手內側跳出大量紅色特效，黑龍ＨＰ大幅減少。

梅普露的攻擊力並沒有變，就只是原本難以連續命中的【暴食】因觸手而一次發動五次，瞬時傷害狂跳。

比起她難以活用的束縛和麻痺效果，這一點有效多了。

「梅普露！再來一次！【爆炎】！」

蜜伊看出那是怎麼回事，又把完成攻擊而墜落的梅普露炸上天。

梅普露在空中調整姿勢，再度向黑龍伸出觸手。

「吼啊啊啊！」

「沒用啦！」

黑龍張開大口噴射熱線卻遭【暴食】吞噬，臉又中了一抓，近似熱線的紅色特效再度炸開。

「那就不用炸彈……改這個！」

伊茲迅速從腰包取出道具，將幾個小瓶扔到蜜伊附近。小瓶砸碎而張開幾個魔法陣，使位在其中的蜜伊魔法傷害倍增。

「太好了……【魔力爆發】【連鎖火焰】！伊葛妮絲，看妳的了！」

蜜伊進一步提升魔法威力，跳上伊葛妮絲加速飛到魔王背上。她知道弱點在這裡。她降落到黑龍背上，用【炎帝】造出火球連續燒灼龍的軀體。因【續火】而燒得更烈的火焰藉【連鎖火焰】打出更多傷害。

「伊葛妮絲！【不死鳥聖焰】！【紅蓮之火】！」

與伊葛妮絲一併放射的火焰在龍背上炸開。不輸火勢的紅色特效衝上半空中，黑龍痛苦咆哮。

得以無視損耗的火力非同小可，傷害不亞於梅普露的五連【暴食】。

受傷而退卻的黑龍仍試圖反擊，但是被梅普露的【獻身慈愛】全部擋下。伊茲以起先砸破小瓶的位置為中心持續拋擲ＭＰ藥水，使蜜伊的攻擊連續不斷。

「這樣就結束了！」

在燒得比岩漿更烈的火焰中，蜜伊輕輕鬆鬆地將火山之主焚燒殆盡。

戰鬥結束後，蜜伊趁伊茲撿掉落物而遠離時來到梅普露身邊。

「喂喂喂！那是什麼東西！」

「嘿嘿嘿，我不是說過我也有東西要給妳看嗎？」

「呃，是沒錯啦……只是我沒想到那麼誇張。」

在蜜伊眼中，那只是梅普露又拿到超高威力的攻擊而已。其實那和梅普露過去做的事大同小異，但由於外觀變化太巨大所以沒注意到。

「我一直很想拿來打王，這樣可以當必殺技了吧？」

「對呀對呀。啊～還以為妳火力變弱了，好像也沒有耶。」

「妳讓我看伊葛妮絲的招，我也要給妳看一下啊～」

梅普露天真地笑著說，蜜伊也跟著笑出來。

「下次公會戰之前，要想好怎麼對付妳了呢。不只是攻擊，當然防禦也是。」

「呵呵呵，我接受妳的挑戰！話說我們的人都變得很強了喔～」

「我想也是……有體會到了。」

蜜伊往伊茲瞥一眼。

還以為【大楓樹】缺少強力的後盾支援，現在她了解到沒這回事。反倒是伊茲可以完全運用道具的輔助能力，甚至達到他人望塵莫及的水準。

說到這裡，伊茲也撿完了材料，三人前往下一個目的地。

「再來呢？」

「需要在懸崖上築巢的怪鳥蛋、雪山的冰花……海裡的珊瑚、蠍毒……以及一些毛皮。」

伊茲瀏覽製法，從頭到尾一一說出所需材料，多到梅普露頭都暈了。

「好像很累耶……會做出什麼東西啊？」

「三個東西都沒有實用性可言。一個是調配的藥劑，一個是鍛造的劍，一個是裁縫的衣服。」

她說得沒錯，這些藥、劍和衣服都是任務專用，沒有其他用途。

就只是所有生產都需要高度水準，否則難以完成，對全職工匠而言也無疑是個艱鉅的任務。

「反正也只能耐心蒐集了，一天打完未免太辛苦。」

「我隨時都能幫忙喔！」

「嗯，只要時間對得上，找我也沒關係。我們就從有伊葛妮絲會比較方便的地方開始打吧。」

「好啊，謝謝！那麼……從懸崖開始好了。」

「知道了，包在我身上。」

蜜伊對伊葛妮絲下指令，掉頭往懸崖飛。

往後幾天，伊茲都要為蒐集材料而忙了。

第六章　防禦特化與魔寵

有個男人也和其他公會成員一樣，為尋找魔寵而四處奔波。

沒錯，就是克羅姆。

「再來是這邊嗎……呼，有夠長。」

克羅姆攤開他拿到的地圖道具。那不是普通地圖，是張藏寶圖。

這就是他之前說仍在進行的任務。在地城發現的地圖指向另一個地城，從那裡取得稀有掉落物拿到的地圖給他下一張地圖……就這樣，他已經搜過超過十張地圖的指示地點了。

過程中有許多換錢用的高價道具，但沒有見過可以收為魔寵的怪物。

不知不覺地，克羅姆的尋寶從堪稱祕境的叢林來到積雪深厚的雪山，愈來愈難在一天內結束。

「差不多該結束了吧……」

這次的目的地是海邊的洞窟。看到地圖上畫了海，讓他想起梅普露的觸手。

「希望是一個長得比較安全的……到了嗎？」

這個洞窟的入口平時會沒入海水底下，成為凶暴鯊魚的棲息地，退潮時入口才會顯現。克羅姆是在過去的探索中發現這個時段，這次才真正開始挑戰。

「路況好差，裡面……好暗，嘿！」

克羅姆將提燈吊在腰間以確保光源，舉起塔盾小心前進。

路邊有幾具衣衫襤褸的骷髏橫陳，氣氛愈來愈接近梅普露所說的那個不知位在何處的岩窟。

「如果是幽靈那種就不能收了。」

即使有用，讓莎莉怕得無法戰鬥只會讓【大楓樹】戰力大減。這麼想時，克羅姆繃緊了持盾的手。

「啊，真的是那種的？」

在提燈的照耀下，幾個手持生鏽斧頭或軍刀等武器的骷髏喀噠喀噠地走來。

「路這麼窄就不怕包圍了！」

狹道上即使怪再多，一次能攻擊克羅姆的也只有一個。他用盾穩穩擋下攻擊，還以顏色。

不必一擊撂倒，利用地形避免受傷，一一解決即可。

「呼……果然是以不死系為主嗎？」

還不曉得這裡是何種地城的克羅姆，懷著滿心期待繼續探索。

「搞屁啊……要來幾隻才高興。」

克羅姆疲倦地倚著岩壁坐下。

不出所料，一路上都是骷髏和幽靈之類的怪物帶著刀械大量湧現。每一隻都不強，受了傷也補得回來。

「原本還想請莎莉幫忙……看樣子不找她才是對的。應該走得很深了吧……」

由於路有分歧，克羅姆不敢肯定自己走的是正確路線。但他一路順暢，都沒遇過死路，沒有回頭的理由。

「啊，又來接客啦。沒時間慢慢休息呢。」

克羅姆又見到一團手持鐮刀的幽靈和提著長槍的骷髏湧過來。

「喝啊！【活性化】！【盾擊】！」

他一盾撞飛數具骷髏再補一刀。一隻幽靈趁機瞬移到他背後斬下鐮刀，但他不予理會繼續攻擊。

【活性化】是克羅姆用銀幣換取的技能。

效果淺顯易懂，就是強化自身回血能力。受惠的包括【戰地自癒】的自動回血、【靈魂吞噬者】的擊殺回血、【生命吞噬者】的攻擊回血和【吸魂】的防禦回血。

於是即使他無視一隻幽靈，只要持續攻擊眼前怪物就不會倒下。他往不同於梅普露的方向深入加強韌性，得到了能夠慢慢磨去對方ＨＰ的壓倒性優勢。

克羅姆轉過身，以塔盾抵擋幽靈的攻擊，將ＨＰ補滿後開始攻擊。

「好，最後一隻！」

砍刀準確劈中幽靈，將怪物群全數消滅。

「……呼。」

洞窟內又回歸一片死寂，克羅姆收起砍刀繼續向深處前進。

路上又有幾次戰鬥，但全都是平凡無奇的怪物，克羅姆冷靜地一一料理。

「雖然一樣花時間……但是真的很穩。這招沒選錯。」

克羅姆知道自己畢竟是塔盾玩家，攻擊力留在最底線就行。能防又能打的梅普露才有問題。

「……喔，有廣場了。那是……」

那裡地形近似水灣，先是一塊陸地，再來是海水，水上漂著一艘莫名破舊的船。

「啊，原來是這樣。」

克羅姆感到理解的同時，船上噗一聲冒出紫焰，還傳來粗大的嘶吼聲。破船隨之轉向，將船身側對陸地並放下船跳板，送出大量骷髏。

「海盜船……或者該說幽靈船？真是的，不是給人單打的東西吧！」

然而克羅姆也不甘示弱，使用伊茲給的持續回血藥水等道具，提升自身能力。

「好，就來試試看……哪邊比較耐打！」

克羅姆拔出砍刀架起塔盾，露出挑釁的笑。

幽靈船轟隆一聲開砲，成了戰鬥開始的信號。

「【活性化】！【防禦靈氣】！」

克羅姆提升恢復力與防禦力，塔盾對準飛來的砲彈擋下。儘管比直接打在身上好多了，爆焰仍燒去了不少ＨＰ。

「嘖，擋住了也會扣血喔！」

而且光是正在接近他的骷髏就超過三十具。不過戰鬥狀態也觸發了【戰地自癒】，再加上伊茲的藥水，ＨＰ不斷恢復。

「【死靈淤泥】！」

砍刀隨呼喊湧出濃濃黑泥，為攻擊添加定量傷害，加快擊殺速度。克羅姆見一個砍一個地撂倒，但由於數量眾多，無法完全避開來自四面八方的攻擊，ＨＰ逐漸減少。

「可惡，大砲有夠煩……唔！」

為抵擋砲擊而舉盾的那一刻，幽靈繞到背後猛砍一鐮，將克羅姆的ＨＰ扣到了零。

然而【非死即生】發動，克羅姆背後冒出骷髏形影，以1ＨＰ存活下來。

「好啊，今天運氣不錯！過來，把ＨＰ給我！」

在判定死亡的那一刻，一定會觸發【非死即生】或【不屈衛士】其中之一，絕對撐得過去。

如此一來，克羅姆該做的就是採取攻擊性更高的戰法，打倒敵人恢復ＨＰ。若【非死即生】成功就能保留【不屈衛士】，可以放膽去打。

只是，撐過去雖然讓他可以打倒不停湧現的骷髏和幽靈，數量卻怎麼打也沒減少。

「沒完沒了啊！魔王在哪……！」

骷髏與幽靈的大小和武器各有差異，怎麼看都是靠數量取勝的雜碎。

於是克羅姆趁怪物援手從船跳板下到陸地時，取出道具強行突破包圍往船跳板衝。

「看我在下次增援以前殺上去！」

他又擋又躲地衝過砲彈之雨，帶著足夠的ＨＰ手攀船緣一口氣翻上甲板。

甲板上有具身穿豪華斗篷與鎧甲，戴著海盜帽，手持鋒銳軍刀的骷髏，顯然不是泛泛之輩。而這個骷髏的血條邊，並沒有魔寵的標示。

「太好了，這樣就能放心幹掉他。【炎斬】！」

克羅姆衝過去，劈下纏繞火焰的砍刀，魔王也以纏繞紫焰的軍刀回擊。

這場你一刀我一刀的傷害競賽，是有塔盾與可以補血的克羅姆有利。他雖然在圍毆當中也能存活，但單挑才是他發揮真正價值的時候。在他持續削減魔王ＨＰ時，骷髏群從船跳板上來了。

「這邊我也想好法子了。」

知道單挑不會輸之後，重點便在於如何阻止小嘍囉支援。

他已經在船跳板上放了伊茲特製的地雷。

伴隨著不輸大砲的巨響，大量骷髏被炸上了天。幽靈逃出爆炸範圍，迅速飛過來，克羅姆加速攻擊。

「【精靈聖光】！」

為了忽略背後的幽靈，他使用能將傷害削減為零的技能，猛烈攻擊。他用塔盾將魔王揮下的刀彈向外側，再往只有骨頭的脖子砍下去。當顱骨彈上天空之際，骷髏群隨之崩散，幽靈旋即消失，詭異的紫焰也熄滅了，海灣又恢復寂靜。

「呼，船長不怎麼樣嘛。再來……可以期盼有寶物吧？」

破船甲板底下還有船艙，克羅姆一一檢視缺了門板的艙房，發現一處堆積貨物的地方。雖然房間都快爛光，貨物也都開過了，只剩下一口沒打開的大箱子。

「……感覺不像是怪物。」

克羅姆小心地接近箱子，用砍刀敲兩下，見它不像是怪物擬態便決心開箱。

裡頭雜亂堆滿了武器、鎧甲和金幣。幾乎都是用來賣錢的東西，克羅姆開心地收進道具欄。

「呃，這是……」

途中發現一枚戒指埋在金幣裡。不會看錯，和梅普露她們裝備的是一樣的東西。

「先裝上去看看……？」

有戒指卻沒有像是魔寵的怪物，讓克羅姆疑惑地換上戒指，隨後房中響起喀喀喀的聲音。

「怎、怎麼了？呃，嗯？」

克羅姆眼前出現了難以置信的畫面。

有如發生靈騷現象般，一具鎧甲飄了起來。臂甲、頭盔、劍盾分別飄浮，看得出是怪物。

敲敲看，沒有敵對的樣子；後退一步，鎧甲喀喀喀地跟來。

「這枚戒指對應的就、就是你嗎？」

查看能力，發現它ＨＰ和ＭＰ都不高，能力值也偏低。

「技能有回戒指跟……【幽鎧裝甲（Armored）】？」

克羅姆姑且下令使用技能，飄浮的鎧甲和武器各自附到他身上，強化他現在的裝備。武器變得更尖銳巨大，鎧甲和盾牌變得更為強悍。原來克羅姆獲得的魔寵，是可以讓主人裝備起來戰鬥的怪物。

「喔喔，原來是這樣！」

克羅姆想找提升回血能力的魔寵，是為了提昇自己維持前線的能力。若能強化整體裝備，提升關於生存力的所有屬性，也是個無可挑剔的魔寵了。而且會變成穿在身上的裝甲，表示今後會學到的技能很可能都會提升防禦力。想到這裡，克羅姆滿意地笑著重新打量這身鎧甲。

「……雖然也算是鬼，不過大部分都會用這個型態戰鬥的話……這樣莎莉就不會害怕了吧？」

對自己這麼說之後，克羅姆結束今天的行程，想著該取什麼名字離開地城。

獲得鎧甲魔寵後一段時間，克羅姆來到公會大廳，見到大夥在逗弄奏的魔寵湊。

「啊，克羅姆大哥！你看，這是小奏的魔寵喔！」

梅普露比奏本人還要興奮地向他介紹。克羅姆這才知道奏也得到魔寵，仔細端詳史萊姆一番。

「史萊姆啊，有意思。」

「湊很好玩喔。不過城裡不能用技能，所以是現在這樣。」

湊彷彿在回答奏，融化似的攤平在地面，又突然恢復彈力滾來滾去，結衣和麻衣追過去抱起來。

「真的變好熱鬧喔。」

「喔，那個戒指。你也找到魔寵啦？」

被莎莉看出來，克羅姆搔搔頭說：

「是沒錯啦……可是跟你們不太一樣。好吧，莎莉！先告訴妳好了！」

「怎、怎樣？」

莎莉不解克羅姆為何有此反應，歪起了頭。

「我的魔寵，是沒人穿也會動的鎧甲。」

她這才明白克羅姆的意思，抖了一下而愣住。

「呃，好喔。好，沒事。鎧甲嗎，還算帥的。」

克羅姆看著莎莉尷尬地支吾起來，覺得自己似乎反而挑起她無謂的不安，便直接叫出魔寵。

「好吧。涅庫羅，出來！」

取名為涅庫羅的鎧甲彷彿有看不見的線吊著，鏗鏗鏘地飄浮在他身旁，外觀就只是會飄動的普通鎧甲和劍盾。雖然莎莉的語氣顯得很緊張，但在擔心害怕地偷偷看一眼後，總算是鬆了口氣。

「好，沒問題……唔唔，果然有不死系的魔寵……唔呃呃……」

為了逃避現實，莎莉盡可能不去看那方面的資訊，但仍隱約察覺到他們的存在。再來只能祈禱不時會找她決鬥的芙蕾德麗卡不是拿到那種魔寵了。

「其實這個盔甲也滿有趣的喔。等每個人都打到魔寵以後再找個地方試試吧……」

「在那之前要先練一練等級。我的魔寵等級還很低，完全沒技能。」

「嗯，對了，只剩伊茲還沒有嗎？」

克羅姆在大廳裡四處張望，沒有找到伊茲的身影。

「對呀，好像要做很多道具出來，她又關進工坊裡了。」

「我跟莎莉也有幫她找材料……真的好累喔。」

「是啊，而且一次就要用掉那麼多……」

從她們三個的反應，克羅姆也看出那真的很費工，有點擔心地往工坊看。

正好門開了，伊茲快虛脫了似的走出來。

「喂喂喂……妳還好嗎？」

「咦？啊，克羅姆你回來啦。我這邊……總算是完工了。」

伊茲的工程似乎非常需要耐心，簡直一恍神就會睡著。她拍拍臉再伸個懶腰，準備去回報任務。雖然疲倦，臉上卻洋溢著成就感。

「那我去交任務嘍。」

「喔，等妳喔。」

伊茲用微笑回答過來關心的每一個人，前往給予任務的工坊。

◆□◆□◆□◆□◆

「好，進去吧。」

伊茲進入工坊並取出道具。有會隨時間經過變換各種炫彩的瓶裝藥物，任何小地方都經過細緻裝飾的華服，以及鞘身鑲滿寶石，劍身透明，似乎是用於儀式的劍。

「太完美了。有這樣的能力，精靈一定願意幫助妳。跟我來。」

伊茲隨老爺爺走進工坊深處通往地下室的階梯，而底下竟是花草叢生的庭園，中央有個散發淺藍光輝的魔法陣。

「來，戴上這個站進去，應該會看見之前看不見的東西。」

伊茲依言戴上戒指進入魔法陣，戒指隨之溢出藍光，瞬時淹沒她的視野。

睜開不禁閉上的眼睛後，眼前多了個不知該稱作妖精還是精靈，長了小翅膀的純白光球飄浮在空中。她看看四周，發現汲水甕裡有團藍色的水，腳邊花草有樹葉或花瓣翅膀的個體飛來飛去。

「那就是精靈，基本上是白色那樣。能力會隨環境而變化，而且十分強大。要利用地形或魔法來控制這點喔。」

「原來如此……類似屬性魔法嗎？有很多測試要做了呢。」

伊茲將眼前的白光取名為菲，帶他返回【公會基地】。

第七章　防禦特化與活動資訊

總算是所有成員都得到魔寵了，【大楓樹】挑了個日子全體出動，要試試他們的能耐。

為此，莎莉在大家忙著替魔寵練等級時仔細評估哪個地城最合適。

「能力要求愈多，就愈容易看出弱點……就這裡吧。」

正當她擬定計畫時，【公會大廳】的門被粗魯地推開，芙蕾德麗卡衝進來。

「啊～妳在這～！終於找到妳了～」

「唔呃……」

「跟我決鬥～像平常那樣就對了啦～」

莎莉往芙蕾德麗卡的手指一瞥，發現她跟自己一樣戴著【感情的橋梁】。為了躲芙蕾德麗卡，莎莉沒事就找藉口到城鎮閒晃，結果還是被對方逮到了。

「不要啦，那個……嗯嗯……」

「什～麼～？有什麼好怕的嗎～？」

「也不是那樣啦……」

那嘻嘻賊笑的樣子給莎莉很不好的預感，但是拗不過她的死纏爛打。因為怕她的魔寵是不死系所以不想打這種話，莎莉怎麼也不想說。

芙蕾德麗卡經常出入【大楓樹】的基地，早已熟記訓練場的位置，她今天特別起勁地拉著莎莉過去。

「那就照平常那樣。」

莎莉做好準備，告訴芙蕾德麗卡決鬥規則。和平常一樣，就是指先扣光HP或先投降的人算輸。

「OK～！哼哼～要怎麼打呢～」

在芙蕾德麗卡用頗有弦外之音的話試探莎莉的反應時，倒數開始了。

莎莉加倍專注地集中精神，默默等待。

在倒數歸零，決鬥開始的同時──

「【超加速】！朧，【瞬影】【影分身】！」

莎莉猛然加速，身影忽然消失，下次出現時已經分身成五人了。芙蕾德麗卡被這麼認真的莎莉嚇到，下意識採取防備。

「多重……哇！」

「【高壓水柱】！朧【束縛結界】！」

眼前五個莎莉之一是【幻影】。飄然崩散的同時，芙蕾德麗卡背後傳來聲音，腳底湧出大量的水將她打上空中。雖想抵抗，卻因為朧的震暈技能而無法動彈。

「呃，等一下！等～一～下～！」

「【五連斬】！」

芙蕾德麗卡的求饒當然沒有作用，在墜落且無法防禦的狀況下遭受高速連擊，HP一波清空。重重摔在地上的芙蕾德麗卡慢慢爬起來，嘟起嘴說：

「是怎樣，殺意好像比以前都還重耶～」

「……是妳的錯覺吧？」

「虧我今天是來秀魔寵給妳看的耶……啊，對了！又不是只有戰鬥才能叫，我叫給妳看喔～」

「咦！啊，那個……等等！」

這次換莎莉的制止沒作用了。當戒指發光，魔寵就要出來時，莎莉用力閉眼，兩手摀住耳朵。一會兒後，芙蕾德麗卡往她眉間一彈，她才忍不住睜眼。

只見賊笑的芙蕾德麗卡頭上坐了一隻黃色小鳥。

「……咦？」

「牠就是我的魔寵，音符。呵呵呵，怎麼啦～？以為會有鬼跑出來嗎～？」

「啊……！芙、芙蕾德麗卡！」

莎莉這才發現芙蕾德麗卡從一開始就是想逗她，羞得滿臉通紅，只擠得出這一聲。

「原來妳也有這麼可愛的時候啊～虧妳戰鬥的動作根本不是人呢～」

芙蕾德麗卡依然是看著莎莉賊笑。

「唔……下次我也一定會狂電妳。」

「那真是太好啦～我也會光明正大地跟妳對打～讓妳大聲認輸～我的音符可是很強的喔～」

突然間叮鈴一聲，兩人都收到訊息而點開來看，發現是下次活動的詳細介紹。

這次會先舉辦一場預賽，玩家將以生存時數與殺怪數量計算積分，依名次編入不同複賽場地，複賽名次愈高獎品愈好。預賽不能組隊，表示已持有魔寵的玩家在攻擊手段和應變上將有優勢。

「預賽就像多了怪物的第一次活動那樣……複賽是有時間加速的PvE啊。這次活動好像會很累耶～」

「既然要算生存時數，是以求生為目的吧。真希望能全員都高分通過預賽……」

芙蕾德麗卡大致看過一遍，想和莎莉再戰一場時，她又收到一通訊息。

「呃，培因傳的。」

「嗯？你們有事嗎？」

「他叫我不要讓妳看太多招。唔～被發現了～」

「也對啦，說不定我們又要對打了嘛。」

「不過～培因是要我自己斟酌，我要打到高興為止～！」

「哈哈，培因也真辛苦……」

說著說著，兩人開始第二戰。結果這天她們對戰了五次，全都是莎莉獲勝。然而芙蕾德麗卡還是有把培因的話聽進去，完全沒讓名叫音符的小鳥使用技能。

決鬥過後一段時間，莎莉和剛上線的梅普露單獨在【公會基地】裡。

「結果芙蕾德麗卡都沒用小鳥的技能……可是從外觀來看，感覺是擅長提升或降低能力的那種。」

「是喔？」

「我猜的而已啦。妳想嘛，跟麻衣和結衣她們的熊熊比起來，應該沒那麼有攻擊性吧？」

「要說的話，的確是輔助型的感覺呢！」

「而且芙蕾德麗卡也說過，和培因他們四個人出團的時候，魔法的事幾乎都是她的工作。」

「拿到魔寵以後，很多事都會跟先前不一樣了吧～」

「就是啊。不是原來擅長的更厲害，就是缺點補起來了……」

到頭來兩人覺得在這亂猜也沒用，決定出去走走。

莎莉手上雖有大致整理好的野外資訊，但沒有發現心動到非解不可的任務。不管走到哪裡，第七階地區的任務都是以收服魔寵為主。

兩人就這麼盯著那些資訊，決定今天的目標。

「梅普露，妳有想要去哪裡嗎？」

「嗯……海邊去過了，森林跟火山也去過了。嗯嗯嗯，風景好的就好……」

「完全是觀光客呢……嗯，那我們就到處看看吧？」

莎莉看到梅普露的表情，不禁嗤嗤地笑，並且收起有效升級與任務較多地點的攻略資訊。

「可以嗎！好耶～！第七階有很多漂亮的地方喔！」

這次換梅普露亮出她整理的資訊了。和莎莉的截然不同，每則都是關於美景或可愛動物，供玩家享受野外風光的資訊。

「了解。不過每個區域之間都有一段距離，可能需要交通工具喔。」

「有的地方用【暴虐】很難過去……要趕路的話，妳要揹我嗎？」

「我就知道會有這種事，所以事先準備了一個好東西。」

「……？」

梅普露腦中冒出各種想像，跟在笑瞇瞇地賣個關子的莎莉背後走。

◆□◆□◆□◆□◆

「喔喔～！好快喔～！」

「要抓好喔，梅普露！就算掉下去不會摔死也一樣！」

「好棒喔～！」

不久，梅普露和莎莉的身影出現在馬上。

莎莉安撫亢奮的梅普露之餘，自己也很享受破風馳騁的感覺。

這馬並不是魔寵，是專門用來當交通工具的騎獸。只要在野外馴服，就能牽回城鎮裡的設施留置。然而這類騎獸需要足夠【ＤＥＸ】才能駕馭，所以梅普露是抓著莎莉才能同乘。

「雙載速度會慢一點……可是我抓到的是好馬，還是很快喔！」

「莎莉果然讚！謝謝！」

「不客氣！等等路況會變差，不要掉下去喔！」

「才、才不會咧！啊，那邊右轉！」

「ＯＫ～！」

莎莉一路隨梅普露的指示駕馬，最後來到的是一望無際的大平原。從高台往下看，

中央有涓涓小溪流過，還有許多可以收為魔寵的怪物。

「這邊不會出主動怪，不太適合練等級，如果是想找個地方走走就很適合了。」

「妳來過啊？」

「沒有啦，網路上看的而已。原本是想幫大家找資料，結果找著找著大家都已經拿到魔寵了呢。」

「大家動作都好快喔～不過這也表示找到的都是真愛吧。」

兩人下了馬，在平原上步行。在那裡，莎莉馴服的馬和牛隻、水鳥等各種動物都悠悠地漫步。

「唔唔……不能全部帶回家，真可惜。」

「能的話妳會嗎？」

「當然沒辦法全部啦，可是我會想把可愛的都帶走。」

「哈哈，我懂妳的心情。」

可愛怪物是愈多愈好。梅普露叫出糖漿，笑呵呵地抱起來。

「我們順便找一下稀有怪吧，好像每個區域都有……」

「資訊真的很重要耶！」

「……對了，這裡的怪物不會主動攻擊人，妳就去陪牠們玩吧。」

莎莉見到梅普露一副很想在平原上亂跑的樣子，覺得有點好笑。梅普露也害羞傻笑，就這麼跑出去。

「小兔兔～！等等我～！」

「……她應該追不上吧。」

看著梅普露追逐兔群，莎莉不禁這麼想。

莎莉自個兒觀察這裡的怪物，享受良辰美景。對於單打時很難不去在乎效率的她來說，能和梅普露結伴閒晃的時光十分寶貴。

清澈的小溪裡有魚游來游去，天上有鳥在飛，但似乎沒有特殊事件。

「呼～好像什麼都沒有，會是單純用來找魔寵的嗎？……喂～！梅普露～！」

莎莉想問梅普露在做什麼，卻只聞其聲不見其影。

於是她疑惑地查看地圖，走向梅普露的位置。

「喔……我懂了。」

她來到的地方有好幾個圓滾滾的球體。那都是名叫毛球羊的怪物，羊毛真的長得跟球一樣。長了毛的梅普露舒舒服服地窩在那群羊裡面。

「妳跟牠們完全同化了耶，害我一時沒看出來。」

「嘿嘿嘿，是吧～？牠們偶爾會走動一下，然後把我澎澎澎地彈起來，載著我一起走喔！」

「……其實那只是被撞飛而已吧？」

梅普露招著手要莎莉過去，莎莉便盡量不驚動羊群地鑽進梅普露的羊毛裡。她已經很習慣這個過程了。

「偶爾這樣放鬆來玩也不錯呢！」

「呵呵，妳不是一直都很放鬆嗎？」

「咦咦～？沒有這種事吧。」

「啊，好像也不能太放鬆了。」

莎莉感到毛球羊有動作，便整個人鑽進梅普露的羊毛裡並用絲線固定身體，以免掉出去。

「【獻身慈愛】！我先用起來保險喔。」

「嗯，謝啦。」

幾乎在兩人做好準備時，羊群開始大遷徙，在平原上奔跑。

即使自己沒動，她們所在的毛球也被羊群頂得向前跳動，轉個不停。

雖然不會受傷，這樣一直轉還是很暈。

「呃……梅普露！轉得好厲害喔……」

「唔呃呃，剛才還很慢的說……」

要是在這種不明不白的狀況下解開絲線，說不定會摔傷，莎莉只好任憑羊群滾動。

一會兒後，外頭傳來連續沙沙聲，最後在撞到東西似的衝擊中停止滾動。

「唔唔……轉死我了……」

「就、是啊。對不起，我休息一下再出去。」

「嗯，我也是……」

轉到分不清上下左右的兩人休息到不暈了之後，把頭鑽出去。見到的是完全陌生的地方。

這裡是眼前有池泉水，四面都是樹木的森林裡。

她們聽見的沙沙聲，可見是羊群強行穿過濃密樹叢的聲音。將她們頂來這裡的毛球羊正在喝泉水，這似乎就是牠們遷徙的目的。

「好像跑了很遠耶？」

「是啊，都轉了那麼久，應該是跑了很遠……嗯……都跑出平原外了。也未免跑太遠了吧……」

「草原很大耶！這些羊有夠快……」

地圖顯示她們的確是離開了廣大的平原，位在與交界有段距離的森林之中。一般情況而言，直線移動似乎也不會這麼快。

「既然都把我們送過來了，我們就在這裡看一看吧。」

「嗯，好哇。順便多休息一下。」

莎莉剃掉梅普露的毛以方便活動，兩人往泉水走去。

「靠近也不會跑耶，想要的話很輕鬆就能帶回去當魔寵呢。」

「可是我們已經不能多帶牠們了，但軟綿綿地好可愛喔。」

梅普露抱著毛球羊享受蓬鬆羊毛的觸感，而羊似乎是對此有所反應，圓圓的身體用力一抖。

「哇！哇哇哇！」

她直接被彈開且失去平衡，後退時一個踉蹌摔進泉水裡。

受到驚嚇的羊群紛紛逃跑，莎莉靠近泉水用【操絲手】以釣魚的方式拉起她。

「沒事吧，梅普露？」

「嗯，只是嚇一跳而已，沒事。」

將道謝的梅普露拉上岸時，莎莉注意到一件事。

「梅普露，水裡那個是妳掉的嗎？」

「咦？塔盾還在……短刀還在……嗯，戒指也在！」

「那妳看那是什麼。」

梅普露跟著往泉水看，發現底下有東西在發光。

「不怎麼深，可以直接下去看。等我一下喔。」

莎莉跳進泉水，拾起發光物游回來。

「嘿、咻！呼……」

「辛苦啦！呃……那是寶石？」

只見莎莉手裡抓著一顆白色礦石球體，表面光滑，淡淡地發著光。

「總之先看看道具說明吧。」

「白鑰匙」
能開啟某扇門的三把鑰匙之一。

「……要用在哪裡啊？」

「不曉得……應該還有其他類似的才對。妳看，不是寫三把鑰匙之一嗎？」

「唔唔，這麼小的東西很難找耶。」

「要先找提示吧。我想，原本大概是要在其他地方找到線索才會來這裡……只是現在糊裡糊塗先拿到了……」

莎莉回想來到這裡的經過，值得玩味似的思索。

「……會那樣大遷徙的怪物還有好幾種吧。我們就到處探索，順便看看到底還有幾種怎麼樣？」

「好哇好哇！如果又拿到下一個，就表示猜對了吧！」

「對對對，這樣我們的目標又多一個了。」

兩人以發現其他寶石為目標，繼續名為探索的觀光。

「那要先回馬那裡去才行吧。」

「呵呵呵，這不是問題。妳看。」

莎莉從道具欄取出笛子一吹，不久馬便穿過草叢現身。

「喔喔～！好棒喔！用那個叫就好？」

「對呀，不管在哪都會馬上過來，很方便。」

「有很多人在騎嗎？我都在天上飛，不太清楚。」

「嗯，因為這樣跑地圖方便很多嘛。應該會愈來愈多吧。」

第七階新增的功能，對於像梅普露這樣走路速度慢的玩家而言是一大福音。馬和魔寵不同，沒有持有限制，但速度和能跑的地區因馬而異，需要視用途尋找最適合的馬。

「其實每個地區都有會大批移動的怪物，要從哪裡開始找呢……」

「啊，那海裡也有這樣的怪物嗎？海裡我逛過很多次，比較容易縮小範圍喔！」

「好哇，那就試試看吧。」

莎莉叫梅普露上馬，奔過森林。

「不、不會撞到嗎？」

「放～心啦，我練習很久了。」

莎莉的馬彷彿在告訴梅普露不必多操心，輕盈地越過草叢、穿過林間，在森林也跑得像平地似的。

「感覺很快就會到了耶！」

「有方便的方法當然是要盡量用啦！」

最後她們一次意外也沒出就到了海邊。

梅普露一邊回想之前探索時的事，一邊拉莎莉往海裡走。

這次有【游泳】和【潛水】技能皆高的莎莉在，不使用伊茲特製的道具也能長時間探索。

「小心點喔，說不定會有章魚偷打妳。」

「給妳觸手的那個？怎麼樣？」

「……？生吃也很好吃喔！」

梅普露的回答換來一記彈額頭。

「傻啦，我是問強不強。牠不是突然抓住妳嗎？我被抓到不就慘了？」

「洞窟裡可能很危險喔。那裡很窄……」

梅普露有點害羞地回答。普通攻擊是抓不到莎莉，但遭遇無法迴避的必定命中而觸發帶到另一個地區的機制就另當別論了。

「那我們就不要接近妳說的那座島，可以在我頭上用【獻身慈愛】嗎？」

「ＯＫ～！這次我也坐在糖漿上面等妳喔！」

為了能看清莎莉，梅普露戴上呼吸管，乘上巨大化的糖漿出海去。

等到海夠深之後，莎莉跳進海裡。

梅普露一邊查看她的位置，一邊用【念力】移動糖漿維持範圍。

「嗯……」

莎莉確定自己位在梅普露的【獻身慈愛】範圍中後，開始尋找魚群。

海裡布滿了五彩繽紛的珊瑚，幾種不應該同時出現的魚群游來游去。可以深入下潛的縫隙隨處可見，但也不能盲目亂鑽。

找著找著，莎莉發現一群熱帶魚，便用力一擺雙腿往牠們接近。【游泳】等級高，讓她很輕鬆就追上魚群。

「！……」

可是梅普露就跟不上那樣的速度了。

保護範圍雖廣，想保護會積極遠離的目標是不可能的。

現在就不時有滿口尖牙的魚突襲莎莉，珊瑚如章魚般長大伸長，想抓住她的腳。

莎莉也發現自己脫離了【獻身慈愛】的範圍，認為那是沒辦法的事，繼續加速甩開怪物跟隨魚群，只對追得上的怪物使用風刃。即使在水中，只要不是太特殊的狀況，她都有自信躲過。

追了一陣子熱帶魚之後，魚群沿同一路線打轉的移動方式忽然改變，全部鑽進一道珊瑚縫隙裡。

莎莉慎重地接近，從道具欄取出燈往裡頭照。還看得見魚的影子，但縫裡的構造看不太清楚。確定裡頭很深之後，她暫時浮出水面呼叫梅普露。

「莎莉～！妳沒事吧？對不起喔，我追不上。」

「沒關係沒關係，是我自己要跑遠，沒辦法的啦。」

莎莉攀著糖漿，對梅普露回報所見。

「這樣啊～那我待在這上面就可以了？」

「嗯，拜託妳啦。」

「看我的！我會先拿藥水出來預防受傷的……妳就儘管放心，專心探索吧！」

聽梅普露自信滿滿地這麼說，莎莉也大膽地笑著說自己很快就會帶結果回來，隨後回到海裡。

莎莉一口氣潛進裂縫，一手拿燈照著四周深入。其實只有入口狹窄，內部和隧道一樣寬，熱帶魚鱗反射著透進珊瑚縫隙的光，閃閃發亮。

她繼續注意著危險小心前進。

路上沒有出現怪物，最後在底端發現一塊被海藻和珊瑚包覆的石板。

「……」

莎莉照亮石板表面，撥開海藻砍去珊瑚，查看上頭寫了什麼。

接著截完圖就浮出水面。

「噗哈！梅普露，有收穫喔。」

「喔喔～！什麼樣的收穫？」

莎莉一爬上糖漿，梅普露就迫不及待地湊過來聽，她便將剛才截的圖拿出來。

那是第七階地區的整體簡圖，幾個地方做了記號。

「就像這樣。這跟克羅姆大哥那個任務掉的地圖不一樣的樣子……應該是用來找其他任務的東西。」

「嗯嗯嗯！唔～可是記號好多喔。鑰匙的說明是總共三把……會是別的任務嗎？」

「可是妳看，剛才的泉水在這裡也有記號。所以可能是某些記號是鑰匙，某些記號是提示這樣。」

簡圖就只是劃分區域，標示記號而已。就現況而言，需要從沙漠到叢林整個找過一遍。

「先回去問問看？搞不好有人知道些什麼喔！」

「也好。這個任務的線索看來是散布在第七階的各個地方，的確可能有人看過類似的東西。」

這比起她們倆跑遍整個第七階要好得多了。兩人立刻返回【公會基地】。開門就見到奏以及結衣和麻衣相對而坐玩桌遊。

「嗯？啊，妳們回來啦。還要繼續玩嗎？」

奏邊說邊打出下一步，讓結衣和麻衣絕望地舉白旗。

「嗯……今天我們只是來跟你們打聽一些事情的啦。」

梅普露對他們三個說明原委，而奏想到了什麼似的輕點幾次頭。

「關於這件事，我在城裡的圖書館有看過類似的記載。就是說過去這一階有很多繁榮的城鎮，人們與怪物的心靈交流比現在深入很多……那些城鎮呢，就是在地圖上的這幾個位置。」

奏一一標示記號，其中之一正是泉水的位置。

「喔喔～！重大進展耶，莎莉！」

「你知道的也太多了吧。圖書館裡的書不是很多嗎？」

「嗯，我全部看完了。」

「「全、全部嗎！」」

結衣和麻衣完全同步地大叫，這時奏已經開始準備起下一款桌遊。

「因為故事滿有趣的，有些還有任務提示，推薦妳們有空也去看一看喔。呵呵，很花時間就是了。」

那麼奏為什麼全部看完了呢？純粹是個人能力差異罷了。

感受到腦袋轉速差異如此巨大，結衣和麻衣都攤在椅子上不想動了。

「姊姊，我覺得我們一輩子也贏不了他耶……」

「對、對啊……其實原本就是這樣了。」

「梅普露，我等妳們好消息喔。回來以後要不要一起玩？」

「好哇！等我們凱旋歸來以後，我一定要報仇！」

「梅普露，妳一次都沒贏過吧？」

「可是很好玩啊！小奏還會跟電動一樣調難度耶！」

「咦，根本是電腦了嘛？」

莎莉也驚訝地往奏看，見到他和平常一樣微笑著點頭，也只好當真。畢竟以奏來說，辦得到這種事沒什麼好奇怪的。

「我剛才是用等級1跟她們玩喔。」

「等級1就太強了啦！」

「最多是不是到10啊……？」

「哈哈哈，那我們走啦！妳們要努力打贏他喔！」

「「我們會加油的！」」

在開始下一盤桌遊的三人目送下，梅普露和莎莉帶著有力資訊邁向野外。

第八章　防禦特化與找寶石

「到是到了啦，可是……」

「這真的可以上去吧？」

梅普露和莎莉來到奏標示的記號之一，很可能和泉水一樣會有寶石鑰匙的區域。

高聳入雲的巨木矗立在她們眼前。攀附於巨大樹幹上的藤蔓，與稍微剝落的樹皮可供踩踏，構成一條往上的路。

不過上面有許多凶暴怪鳥飛來飛去，不是海裡的怪物能比擬。

「……能正常上去嗎？」

「唔，好像有點難耶。」

「ＯＫ～那就強行突破吧。」

「嘿嘿嘿，就等妳這句話！」

梅普露更動裝備，兩面盾牌飄在身旁，在【巨大化】的糖漿背上擺好【天王寶座】坐上去，發動【獻身慈愛】並啟動武器。

再換上白色裝備，發動無傷技能就萬無一失了。

「莎莉上來上來！不要掉下去喔。」

「到時候我也能在空中跑，不用擔心。」

兩人協力將糖漿化為浮游要塞，乘著牠無視遊戲預設路徑開始升空。三隻怪鳥見到她們接近，嘎嘎嘎地飛過來。

「【開始攻擊】！【抵禦穿透】！」

「朧，【束縛結界】！」

莎莉配合梅普露的攻勢對朧下指示。一旦怪鳥停止動作，不怎麼會打移動目標的梅普露也不會失誤。

「謝啦！鳥飛來飛去很難打！」

「不客氣啦。啊，【颶刃術】！」

「糖漿，【精靈砲】！」

梅普露也下指示，用自己和糖漿的光束砲燒死怪鳥。

雖然怪鳥不屈不撓地持續攻擊，可是梅普露仔細看準時機使用【抵禦穿透】，根本傷不了她。

區區凶暴怪鳥根本戰勝不了這難以攻陷的浮游要塞。

「好～解決了！」

「看樣子是沒問題，我們就直接殺到頂端去吧。」

就在兩人說話時，又有許多怪鳥張開大嘴圍殺過來。但哪邊才是獵物，已經是明擺著的了。

她們就這麼順利地殺上頂端，還升了一級。

與樹幹等比的巨大樹葉有足夠強度支撐她們倆，樹幹中央有個巨大的鳥巢。

即使感到魔王即將出現，她們也沒有多作準備，直接正面接近。

「來嘍！」

「ＯＫ～！」

莎莉跳下糖漿站上樹葉抽出匕首，梅普露將砲門對準鳥巢。

只見一根和人身高差不多長的羽毛飄然落下，巨大怪鳥隨後現身。兩人對牠的體格和氛圍都覺得很熟悉。

「跟第二次活動那隻是同一種！招式可能很像喔！」

這隻巨鳥和兩人在雪山遭遇，將梅普露逼到只剩一步的鳥型怪物很相似。差別在於那一隻全身是冰，這一次則是藤蔓與荊棘，屬性類似其棲息環境。

「對喔！那就要讓牠看看我們變強多少嘍！」

「而且妳看牠的頭！」

莎莉指向巨鳥脖子上像是項圈的裝飾，裡頭鑲了一顆綠色寶石。那肯定就是她們要找的寶石。

「要贏喔！」

「那當然！」

兩人鼓起鬥志時巨鳥尖聲一叫，戰鬥就此開始。

只要有梅普露的【獻身慈愛】即可杜絕掉絕大部分的傷害，莎莉積極上前攻擊，同時聽著背後傳來熟悉的槍聲並發動技能。

「【水道】！朧，【束縛結界】！」

她使用銀幣技能升級後開啟的子技能，讓腳下湧出反抗重力，並向斜上方升起粗大水柱，接著她噗通一聲跳進去加速潛泳再躍入空中快速迴旋，從巨鳥肩部砍到腹部。

【水道】不僅能加快移動速度，還是能以水防護其路徑的優秀技能。如此一來，在貼近目標之前被擊中的危險大幅減少，非常適合莎莉使用。當然，能讓她在地面以外的空間移動這點也極具威脅性。

「【鼓舞】！糖漿，【大自然】【荊棘枷鎖】！」

梅普露用的是重防禦的裝備，負責掩護莎莉攻擊。

只見如同捲在樹幹上那樣的藤蔓從樹葉間伸出去纏住巨鳥，隨後伸出的荊棘更在傷害的同時造成麻痺。

朧的震暈加上糖漿的麻痺使得巨鳥無法動彈，只能單方面挨打。

「【五連斬】！」

莎莉啃掉一個「禁藥種子」，將【ＳＴＲ】升到極限，踩著梅普露以藤蔓製造的路徑往上跑，以飛快連擊招呼巨鳥頭部。梅普露的槍彈也準確命中巨鳥，加速扣血。

這時麻痺終於解除，巨鳥試圖扯斷藤蔓與荊棘，而梅普露不給牠這種機會。

「糖漿，【精靈砲】！【催眠花瓣】！」

一股甜香飄起，粉紅花瓣紛飛四散。巨鳥逐漸失去力氣，陷入沉眠。

莎莉暫時停止攻擊，拿出伊茲特製的炸彈。

「哇，糖漿又變強了耶，好厲害的控場能力。」

「只要不會動，我再慢都追得上，超棒的！嘿！」

梅普露離開寶座，換上黑甲並接近。

會封印惡屬性技能的寶座對梅普露是個巨大的箝制。離開寶座，表示她要展開一口氣總攻擊。

「【全武裝啟動】【水底的引誘】【獵食者】！」

「哇！」

只見她背上長出天使之翼，全身圍繞強力兵器，蛇怪侍於兩側，左手變成散發黑霧的五條觸手。

見到這種東西接近，任誰都會先跑再說吧。儘管莎莉沒逃跑，看到那副模樣還是覺得那實在不像玩家。

梅普露盡可能貼近後，用觸手包住巨鳥的頭，在兩側蛇怪的攻擊中持續追擊。

「【毒龍】【流滲的混沌】【開始攻擊】！」

每種攻擊都使得傷害特效瘋狂亂跳，還引爆了莎莉設置的炸彈。

「媽啊……」

見到那彷彿跟巨鳥有仇的攻擊和激烈到不行的特效，莎莉只能發自內心地驚嘆。這時梅普露又當著她的面用觸手包住巨鳥的頭，使滿身藤蔓與荊棘的巨鳥爆散無蹤。

梅普露體會到自己的成長，做了個勝利姿勢。

「好～！只要全部砸下去就贏啦！」

「哈哈，真有一套。好啦，在寶石不見之前趕快撿起來。」

聽莎莉這麼說，梅普露趕緊啪唰啪唰地踩著毒液跑向掉落在巨鳥位置的項圈。項圈有呼拉圈那麼大，不用找就看得見。

項圈一拿起來就粉碎，手裡只剩綠色寶石。

「綠鑰匙」

能開啟某扇門的三把鑰匙之一。

「拿到第二把鑰匙了耶，莎莉！」
「嗯，太好了。那再來呢？小奏還有告訴我們一個點，直接過去嗎？」
「【暴食】都用光了……妳沒關係嗎？」
「當然沒關係。原本我就是負責製造傷害的好嗎？要打是沒在怕的啦。」
「我也等著看朧表現喔！」
梅普露摸摸站在莎莉肩上的朧。
「看來糖漿也變強了，不過朧升級以後也多了一些技能，下次秀給妳看。」
「嗯，等妳秀！」
輕鬆擊敗持有寶石的巨鳥後，兩人前往下一個目的地。

下一個目的地有許多岩石因不明力量飄在空中，且風勢強勁。
兩人騎莎莉的馬來到附近後，以徒步接近。
彷彿從地面拔起的飄浮巨石群造成許多死角，而玩家也似乎受到重力減弱的影響，動作變得輕飄飄。戰鬥中不能騎馬，她們就提早下馬來適應這個飄忽的感覺。
「這樣實在有點難躲耶……梅普露，可以等習慣以後再前進嗎？」
「好哇～！這裡好厲害喔，感覺好奇怪。」

梅普露到處蹦蹦跳跳，再如羽毛般飄呀飄地落下。

「這不像之前活動那種【星之力】，要想辦法減少飄起來的時間喔。」

莎莉耗費一點時間檢查各種動作，覺得沒問題之後開始走。

「風好強喔，不在地上走會被吹跑的樣子。」

「馬上就有東西飛過來了啦！」

「咦？唔呃！」

一塊巨岩從她們行進方向這頭急速飛來。

莎莉沒有白適應動作，輕鬆避開，但梅普露就沒有那麼靈活了。

砰地好大一聲，正面撞上巨岩的她當場飛走，在地上反彈幾次後才啪一聲撞到其他岩石而落地。

「梅普露！妳、妳飛得好遠喔……」

「嚇、嚇死我了……想不到突然會有那種東西飛過來。」

看著梅普露和平常一樣若無其事地起身，莎莉安心地伸出手。

「看起來是順著風飛過來的，那麼只要注意風向就沒事了吧。」

「嗯，知道了！幸好不是穿透攻擊或地形傷害～這樣就不怕用【獻身慈愛】了！」

「謝啦。雖然我還是會盡量躲，有保險當然更好。畢竟這裡動起來不太習慣。」

「風從右邊來了，躲這邊！」

「噢來了，這次是碎石！」

莎莉抽出兩把匕首提高注意力。這種正面射來的碎石，至今她不知躲過多少次。她先用匕首彈開一個，扭身躲開一個，最後一個向後跳開。

每次閃避，都讓她身上的藍色靈光變得更大，提升【STR】。

「呼……」

「莎莉果然厲害！」

「還好啦，本來就需要在打王之前疊滿力量嘛。這次稍微躲得認真了點。」

她似乎已經習慣肢體動作在這個區域的變化，行雲流水地閃過此後飛來的岩石，與被撞得鏗鏗響的梅普露完全是兩樣情。

「啊，有怪物。」

出現在兩人眼前的是由閃耀白光的風所構成的狼和鷹。眼睛部分發出紅光，顯然不是普通生物。

「朧，【影分身】【幻象】！」

才見到莎莉的身影隨命令而變成五個，轉眼又倍增了。

分身紛紛逼向風狼風鷹，而牠們渾身一顫射出風刃，一一消滅分身。

「有一瞬間的破綻就夠了！【精準攻擊】！」

莎莉繞到狼的側面，刀刃快狠準地刺進脖子，那風所構成的軀體旋即斷了線般消散。

「好弱……？【跳躍】！」

躍上空中的莎莉，對注意力被分身引走的風鷹揮出匕首。

而風鷹也是瞬間消散。

「所以是來一整群嗎！」

單體弱小，當然要集體行動才能造成威脅。

莎莉注意到這點時，周圍到處出現旋風。狼群淹滿地面，鷹群從空中朝她們攻來。

「梅普露！整群的交給妳！」

「OK～！【全武裝啟動】！【開始攻擊】！」

梅普露三百六十度地旋轉，擊落從四面八方射來的風刃與碎石。

然而數量眾多，難免漏掉幾個風刃。

「好痛！啊，有穿透！呃，【抵禦穿透】！」

「我也來幫忙削數量！朧，【渡火】！」

朧放出的火焰碰觸到近處的狼便啪啪啪地爆開，延燒到最近的怪物身上。威力雖不高，打這些風狼風鷹是綽綽有餘。

「謝啦！那我也來……」

梅普露換上綠色洋裝發動【靈騷】，將光束當光劍一樣瘋狂亂揮，輕鬆打倒莎莉難

以攻擊的空中敵人。

數量雖多，只要能夠處理穿透攻擊，梅普露就有得是辦法解決，構不成威脅。

「呼咿……害我有點嚇到，其實不強嘛。」

「嗯，剛好幫我賺夠閃躲次數。」

「啊，對了！朧又讓妳分身變多了耶！分成十個好厲害喔！」

「是啊。不過【幻象】新增的五個跟【幻影】很類似，不能用來打怪，完全是誘餌就是了。」

「【影分身】就能打出傷害了呢。」

「那我們快走吧，又被包圍就只是拖時間而已。」

「沒問題～！」

兩人稍微加快腳步，往更深處前進。

莎莉踩踏浮岩跳躍，再度突破狼群襲擊。

同時也要不時地將被巨岩撞飛的梅普露找回來，帶著她抵達最深處。

平地上到處都是飄浮的岩石和渦漩的風，中央有個全身都是由風構成的巨人在等著她們。

「這個就不可能一刀解決了吧，要認真打喔。」

「嗯！看我的！」

梅普露將槍口指向巨人的同時，巨人也擺出戰鬥架式。以巨人為中心渦漩的風變得更強勁，吹動浮岩。

「喂！這種的我躲不過啦！」

在硬物撞擊金屬塊的聲音中，梅普露彈上了天。當然，襲來的岩石不只一塊，一個接一個地將梅普露像彈珠一樣彈來彈去。

「哇、哇哇哇哇！」

「梅普露！這樣……我恐怕救不了她……啊，我也要專心才行！」

莎莉一下低伏一下停留或加速，靈巧地閃避岩石接近魔王。

梅普露到處彈來彈去，無法再倚賴【獻身慈愛】的範圍防禦。

「都說自己是負責製造傷害的了……朧，【妖炎】！【火童子】！」

她的身體隨這指令噴出藍色火焰，提升傷害。匕首還伸出炎刃，擴大攻擊範圍。

接著猛一旋身，斬斷巨人射出的風，順勢展臂深深切過它的手。

紅色傷害特效與朧施加在莎莉身上的藍火同時爆開。

「朧的ＭＰ還很夠……！」

莎莉見到巨人背後有光束射來而不禁跳開。

不過那沒有傷到她，而是在巨人身上炸出傷害特效。

「梅普露？哇，太狂了吧……」

梅普露雖是被岩石撞得到處彈跳，但沒有受傷。於是她反過來利用這點高速亂跳，只管用【靈騷】往中間瞎揮光束。有時還會自爆武器故意往石頭撞，魔王的風團都不容易擊中她。

「是場地機制嗎……？嗯，我做我能做的就好。」

現在有梅普露賺傷害吸引注意，可以使用破綻大的招。

於是莎莉貼上巨人一隻腳發動技能，一舉給予大量傷害。

「【五連斬】【猛力攻擊】！」

【妖炎】添加的傷害與【追刃】的追擊效果，以及影響這兩者的【劍舞】和道具的提升，給予以攻速為武器的匕首超乎想像的傷害。

巨人的一隻腳在傷害特效消散的同時消失，不支倒地。

「好機會！」

莎莉避開飛來的碎石，接近頭部再亂砍幾刀。

這時一塊大石頭飛過來，要阻撓她。

「朧！【神隱】！」

指令一下，莎莉的身影立刻消失。那不是像【瞬影】那樣隱形，而是使自身存在完全消失短短一秒的技能。既然不存在，當然就打不中。在大石撞上前一瞬使用這個技能，大石便什麼也沒撞上，就這麼穿了過去。

「好，成功！朧，【束縛結界】！」

又成功閃躲的莎莉進一步加快攻速。加上梅普露依然瘋狂橫掃戰場的光束不時追擊，魔王根本撐不過莎莉的攻勢。最後一陣強風掃過，飄浮的岩石全部停下，梅普露也因此墜地而滾到莎莉這來。

梅普露當然是沒有受傷，就只是有點暈頭轉向地走向莎莉。

「辛苦啦！朧的火有好多功能喔。喔……跟蜜伊一樣。」

「朧是負責火跟幻覺技能，我負責水跟冰系吧。怎麼樣，用【妖炎】強化的刀很帥吧？」

「嗯！有忍者的感覺？連石頭都穿過去了耶！」

「多虧有朧，又多一招可以在沒辦法躲的時候續命了。總之，重點是這個！」

莎莉從地上拾起紅色寶石，原本是位在巨人的眼部。

「再來只需要到小奏告訴我們的遺跡去了吧。」

「希望有這三個就夠了。打魔王也滿累的……」

目前已經沒有其他東西需要蒐集了，於是兩人決定前往遺跡。不先走一趟，也不會知道還缺什麼。

「那我們快走快走！好想趕快知道門後有什麼喔！」

「好好好，那我們再騎馬過去吧。」

「好～！」

終於湊齊鑰匙的兩人就此策馬奔向遺跡。

遺跡是由鋪石地與屋宅殘壁所構成，已經幾乎被自然吞噬。乍看之下不像遺跡或廢墟，根本幾乎化為森林的一部分。

「總之就到處找找吧。」

「知道了！希望可以趕快找到。」

兩人分頭在人造物的殘垣間走動，不久便發現她們要找的東西。

「莎莉～！過來這邊～！」

梅普露所指的碎石堆之中，有個像是台座，唯一站立著的物體。

上頭有三個凹陷處，兩人一眼就看出那是什麼意思。

「放進去嘍？」

「嗯，妳就放吧。」

梅普露將三顆寶石放進凹陷處，寶石的光輝頓時包覆台座，同時糖漿和朧從戒指跳了出來。

「糖漿？」

「朧？」

紅、綠、白三種顏色的光芒在不知怎麼回事的兩人腳下擴散，隨後是體驗過無數次的傳送感。當強光退去，兩人睜開眼睛，她們人已在滿是動物的城市裡。奇怪的是到處都沒有人類的動靜，似乎單純是各種動物和怪物生活的地方。

兩人環顧四周時，朧和糖漿逕自走動起來。

「牠、牠們怎麼啦？」

「先跟過去看看吧。」

雖然來到了奇特的地方，但系統沒有給出任務，兩人也不曉得該怎麼辦。在這樣的情況下，跟隨行為與平時不同的糖漿和朧算是最佳選擇。

走著走著，她們離這個堪稱城鎮的地方愈來愈遠，最後糖漿和朧在一座石造水池前停下，池水散發著奇異的光芒。

「感覺上，這裡是很重要的地方耶。」

「大概吧？那也不是普通的水……」

糖漿和朧轉頭看她們，彷彿想進入水池。

她們也乾脆地接受請求，抱起來輕輕放入水中。

「好像沒事？可以放開了？」

「我放嘍，很淺的樣子。」

兩人放開手，讓牠們在發光的水池自由行動。沒想到剎那間光輝將牠們整個包覆起來，亮成一團。

「哇——！結果不能這樣嗎！」

梅普露趕緊抱起糖漿，莎莉也將朧抱出發光的水。光遲遲不退，看得她們好著急，最後光輝增強而四散，糖漿和朧都恢復原狀。

「太好了……嗯？糖漿？」

「朧？」

糖漿的殼紋有些變化，底下地面還長出花草。朧的裝飾變得比較豪華，更驚人的是搖來搖去的尾巴多了一條。

「「咦？」」

兩人各自抱起依然親暱地蹭著她們的魔寵，妳看我我看妳，不曉得怎麼反應。

等到腦袋開始恢復運轉，兩人仔細查看糖漿與朧的變化。

「糖漿變得比較漂亮了耶！還有……變大了？」

「是喔～尾巴變多啦……不曉得會變成幾條呢？」

兩人開心擁抱變得更可愛的魔寵時，各自接到系統訊息。

其中一個字眼使她們看向彼此。

「進化啊……原來如此。好像會拿到新技能耶。」

「喔喔～！進化、進化啊……牠們也升了好多級了呢。」

「從第二次活動中間就跟我們打到現在嘛。」

「你變得好漂亮喔……嘿嘿嘿，超開心的～」

「不過看樣子，還很有得升喔。」

「是嗎？」

「嗯。進化的說明只有說累積到足夠經驗就會進化，沒有說只限一次。」

莎莉補充說，可以從狐類怪物尾巴增加數量來猜測次數。

「但我想應該是不會一條一條升啦……朧，你會長到九條嗎？」

「充滿幻想空間呢！對了，要趕快告訴大家！一起打的話很快就能拿到寶石了！」

「好哇，就這麼辦。打鐵趁熱嘛。」

兩人驕傲地抱著各自的魔寵，返回【公會基地】。

急著想秀給大家看的兩人一鼓作氣推開基地的門。奏又在裡頭玩桌遊，霞、克羅姆和伊茲則圍著結衣和麻衣。

「喔？妳們怎麼啦，今天走路特別有風喔。」

「嗯～回來啦？呵呵，看來有好消息能聽了。」

兩人將懷裡的糖漿和朧舉到眾人面前去。

成員們認識牠們比自己的魔寵都還久，馬上就注意到變化。

「咦，怎麼會變這樣！」

「呵呵呵，牠們進化嘍！更強更可愛了！」

梅普露將她們整段經歷一五一十地說給成員們聽。

「原來如此……還有進化。可是……」

「嗯，我也去過那個有石頭在飄的地方，可是沒看到巨人之類的東西。」

梅普露是想讓大家的魔寵都趕快進化，但事情不是那麼簡單。伊茲也不曾聽說過任何人在巨樹上遭遇怪鳥。

「那個……會不會是受到等級或是好感度那些的影響啊？梅普露跟莎莉從很久以前就天天帶著糖漿跟朧了……」

「是有這種可能。我看過的書上也說，要用適當的方法引導出牠們的力量。的確很可能是要提升基本能力到一定程度才行。」

就某方面來說，無法使剛獲得的魔寵進化也是理所當然。

「所以真的是因為我們在一起很久啦……嘿嘿嘿。」

梅普露又摸摸糖漿的頭。他們未來依然會是一起在野外到處飛行和戰鬥的夥伴，能夠進化就更添一層樂趣。

「梅普露和莎莉的魔寵好像又變強了，真期待下一次活動。」

「就是說啊。我們的戰術應該會跟之前差很多，正好拿來試一試。」

「對喔，有活動！那我要來努力幫糖漿升級了！」

不繼續練等級，就無法發揮牠進化後獲得的強項。接下來要為了升級，腳踏實地進行各種特訓。

「今天已經跑了很久，還要練嗎，梅普露？」

「再、再練一下好了，說不定多升個一級就會學到新招嘛！」

這樣又要回野外去了。梅普露今天也是哪裡有趣就往哪鑽，哪裡開心就往哪跑。

◆□◆□◆□◆□◆

這當中，為新上線的第七階地區安排大量魔寵與任務事件的官方人員全都累到一副死魚眼。為不同區域設計不同怪物以及牠們的所有進化形，是一件很費力的事。

「現在稀有魔寵比例占多少？」

「不到兩成。因為地圖很大，很多怪物就算不稀有也很強了。」

他們設計的稀有魔寵能力雖高，用起來卻比較不容易，部分玩家即使遇到也會選擇放棄。

「目前是能夠有效提升主人能力的魔寵比較受歡迎。法師的話，大多是找能當坦的魔寵。」
「主力公會現在是什麼狀況？」
「像是講好了一樣，幾乎都是稀有魔寵。」
「是喔……也對啦，就只是比較難找而已……哎，應該是適合才選的吧。」
當然，他們也查看了【聖劍集結】、【炎帝之國】和【大楓樹】的魔寵。
「哇，好強！都抓到實力堅強的魔寵耶。」
「梅普露和莎莉還真的搞到進化了呢。目前幾乎沒放消息的說……」
她們可說是在這裡將提早獲得魔寵的優點發揮到了極致。
「她們的身體該不會是用稀有事件磁鐵做的吧？」
「搞不好是……我是真的這麼想。」
等第七階的各種事務告一段落，再來要忙的就是官方活動了。
「下個活動要怎麼搞？」
「現在玩家愈來愈怪物，所以我們也用怪物砸他們。」
其中一人一邊替怪物資料做最後查驗一邊說。在最高難度裡，需要放對得起這難度的怪物。
「啊，順便說一下，梅普露長觸手了。」

「……這不是應該放在順便的事吧。」

被梅普露拿到就是誤算了，放進「闇夜倒影」的技能格裡也是誤算。正常使用所不會有的強大能力因而誕生。

「還以為梅普露很難拿到那種技能……被她當作瞬間輸出技了呢……」

「再說那個觸手出現率很低耶，怎麼偏偏會抓到梅普露啊。」

「就是說啊。」

那個地城不是想進就能進，整件事就只是剛好被梅普露遇上的不幸意外。

「啊！我想到一件事！不可以傻傻把胃做出來！梅普露會衝進去！」

「看到怪物從體內炸開實在太悲傷了……」

「要做就要把胃液設定地形傷害……或是有震暈效果。」

「唉，衝進胃裡還能活，或是把胃當成安全點這種事，也只有梅普露做得到啦。為了她搞成這樣也真是……」

「……也對。」

「重新檢討一下下下次活動的怪物好了。」

「快來吧。」

眾人這麼說著，開始查看怪物的舉動是否出現異常。

第九章　防禦特化與第八次活動

活動開始前，【大楓樹】所有人約好先各自幫魔寵衝等級，等活動開始再揭曉成果。梅普露也一樣將時間投注在幫糖漿練等上。

「嗯～！還以為【暴食】用完以後會不方便，結果還是滿好用的耶。」

梅普露甩甩變成觸手的左手。由於碰到觸手的目標會遭到麻痺，光是亂甩就有一定效用。糖漿的攻擊力低，所以梅普露都是先麻痺怪物再用【毒龍】削減ＨＰ，堆在糖漿面前讓牠一砲解決，用餵食小鳥的方式練等。

「糖漿，【精靈砲】！」

這一砲將梅普露獻上的怪物ＨＰ全轟到零，大筆經驗值入袋。

「追著怪打太累人……再讓那個觸手抓一次說不定不錯喔！在那個洞窟，觸手自己會伸過來。」

在她盤算是否該回到章魚洞打個爽時，糖漿升了一級並獲得新技能。

「讚啦～！不只有進化，技能又一直來耶！我看看……」

梅普露跟著查看技能。

能夠操縱自然的糖漿得到的又是這樣的技能。

「【紅色花園】？聽起來就很不錯耶！」

> **【紅色花園】**
> 範圍內所有人物受傷時，都會受到額外5％傷害。

「嗯！好用！糖漿果然棒！」

梅普露摸摸糖漿的頭稱讚個不停。一般而言，這是會讓自己人也受到額外傷害的雙刃劍，但是在【獻身慈愛】的守護下，這純粹是增加所有同伴5％傷害的強化技能。對於大多以梅普露為中心戰鬥的【大楓樹】來說，使用這種廣域強化很有效果。

能夠胡亂使用【衝鋒掩護】這種受傷兩倍，副作用巨大的技能，也是因為梅普露超群的防禦力能將傷害完全抵銷的緣故。

「糖漿，【紅色花園】！」

地面隨梅普露下令長出大量薔薇。沿地蔓生的刺藤，多到的確有所謂增傷5％的量。

而且花園還會隨糖漿移動，像梅普露的【獻身慈愛】一樣維持在糖漿周圍。

「進化以後，糖漿平常就能開花了耶！還會有其他花園嗎？」

這技能只要使用得當，就能給予同伴不錯的支援。運用【獻身慈愛】，則可無視其副作用放膽攻擊。

隨著等級提升，糖漿逐漸從副攻手發展成擅長從死角使用帶異常狀態的防禦型技能，簡直就像梅普露自己一樣，就只有不會變成凶惡怪物這點不像而已。

「很好～往下個目標前進前進！」

梅普露故技重施，在看到怪物時用觸手和【麻痺尖嘯】封住怪物的動作再堆到糖漿面前，不停反覆。

做這種事的人，即使在森林裡也很難不引人注意。

「想說這裡這麼多聲音是在吵什麼，結果是梅普露啊。」

「哇……真的長觸手了……為什麼？」

「要是沒聽蜜伊說過，我搞不好已經砍過去了。墮天使也不至於變那樣吧。」

沙沙撥開草叢探出頭來的，是米瑟莉、馬克斯和辛恩三個。

梅普露也對這三位熟人揮動變成觸手的手。

「啊！【炎帝之國】的……蜜伊今天不在啊？」

「她說她有事。今天我們是來幫魔寵練等。」

「這樣啊……」

嗯嗯點頭的梅普露腳邊，糖漿仍帶著一大圈薔薇花園。對梅普露印象特別強烈的馬克斯當場就注意到了牠的變化。

「糖漿……是不是不太一樣啦？」

「嗯嗯，你看得出來啊？不過細節要保密，還不能說！……這樣可以嗎？」

梅普露模仿莎莉叮嚀時的口氣，表示不願多透露。然而現在觸手跟薔薇花園都已曝光，有點掉漆就是了。

「無所謂啦。妳是在為下次活動練等吧？希望預賽不會遇到妳，等到我們同隊的時候再秀給我看吧。」

「蜜伊是說那個觸手很危險吧？」

「說長這樣的東西不危險……我也不信。」

馬克斯躲在米瑟莉和辛恩背後，觀察那些扭來扭去的觸手。

「那麼，我們也讓魔寵露個臉吧。蜜伊也拿出來過了嘛。」

「我是不介意。」

「既然你們都同意……那就……【解除】。」

三人各自招出他們的魔寵。空間隨馬克斯的指令而扭曲，保持隱形的魔寵們現形了。緊接著，馬克斯頭上、辛恩肩上、米瑟莉腳邊各出現不停變色的變色龍、老鷹和毛茸茸的長毛白貓。

「咦、咦！好厲害喔，從哪跑出來的！」

見到牠們的出現方式與從戒指喚醒不同，讓梅普露顯得十分驚訝，一臉的不可思議。辛恩很喜歡這個反應，嗤嗤笑起來。

「就只是亮個相而已喔。哈哈哈，看妳驚訝成這樣，我就覺得值得了。」

「呵呵呵，下次換【大楓樹】的各位叫魔寵出來給我們看喔。」

「掰掰……希望下次活動不會再見。」

「下次活動都要加油喔～！」

三人似乎都有行程，在梅普露面前耍個小威風之後就揮手離去。

梅普露獨自為魔寵種類多樣而讚嘆，回頭繼續餵她的糖漿。

◆□◆□◆□◆□◆

幾天之後，官方終於公告複賽詳情。

複賽中時間會加速，總長為遊戲內三天。和高塔一樣有分難度，難度與獎勵將隨預賽結果變化。

複賽的目的是在充斥強力怪物的地區求生與探索。【大楓樹】的八人在【公會基地】集合，確認現有資訊。探索所能獲得的道具中包含技能銀幣，令人備感期待。另外，在最高難度活過二十四小時就能獲得一枚銀幣，四十八小時有三枚，活到最後則有五枚銀幣的獎勵。

「好想八個人一起打最難喔。」

「就是啊，都拿到湊了呢。」

「我也想以這為目標。」

七人紛紛贊同梅普露的想法。然而能否參加全得看預賽結果，而這次預賽是個人戰，所有人只能盡人事，聽天命。

「不曉得那會不會也是我們第一次全部叫魔寵出來打喔？」

「嗯……我是很想把時間都盡可能用來升級，複賽之前試一次看看……不過感覺上應該是沒問題啦。」

「我會努力衝上大家的難度的……！」

「一個人打很不放心就是了。」

平時都是兩個結伴行動的結衣和麻衣，這次被迫單獨面對玩家與怪物。看她們這麼惶恐，其他六人連聲鼓勵。

「妳們兩個現在都變得很強了，放心放心啦！」

「對呀，而且妳們現在還有月見跟雪見嘛。」

她們都擁有可靠的魔寵，何況全員一起挑戰最高難度的目標已經定下，兩人明白自己必須全力一搏而握緊雙拳。

「複賽就不是和玩家直接對決了，到時候就慢慢打吧。有梅普露的【獻身慈愛】，怪物好應付得很。」

大部分怪物都不懂得視情況選用穿透攻擊，和一看到梅普露就只會用穿透攻擊的玩家完全不同。

「真正的關鍵，在於我們能探索多少範圍吧。這次官方有事先公開地圖……還滿廣大的。」

「就是啊。以這部分來說，我跟姊姊說不定在複賽也會很辛苦。」

「能騎月見跟雪見，已經改善很多就是了……」

月見和雪見也能像糖漿一樣巨大化，但也只是頂多能讓一個人騎的大小。但儘管如此，對移動力低的她們而言已經是很大的幫助。

「那我們就繼續升級，等待預賽的到來吧！」

所有人對梅普露點點頭，靜候預賽。對於這個讓所有魔寵首度踏上戰場的活動，他們都難掩興奮。

梅普露等人各自替魔寵練等的日子就這麼一天一天過去，第八次活動預賽的日子終於到了。

預賽不能組隊，純粹是個人戰，魔寵能力顯得相當重要。

競爭項目，是活動場地中怪物的擊殺數，以及存活的時間。

所有人必須在這段時間內不停擊殺怪物，並擊殺或妨礙其他玩家，爭取高名次。

當然，不能太偏重其中一方。

若名次夠高，可以在獎勵最好的地區進行複賽。

「好～！讓我們一起進複賽！」

「那當然。梅普露妳也要加油喔，這次打倒怪物也很重要。」

「這次技能全部用出來也沒關係……我會努力的！」

預賽與複賽之間有幾天時間，可以毫不保留地使用次數有限的技能。

「那麼，加油加油！」

全員隨梅普露高聲呼喊，同時白光籠罩全身，八個人都傳送到了預賽場地。

包覆全身的光芒消失，預賽場地的景象在梅普露眼前布展開來。

這次和第一次活動一樣，是從廢墟進場。梅普露查看四周，附近見不到其他玩家的身影。

「很好！趕快找怪！」

怪物擊殺數量在預賽中很重要。存活時間當然也是，但只是活著可擠不進高名次。

「糖漿你先等等喔。【獵食者】！」

這次幾乎是單打獨鬥，沒必要使用【獻身慈愛】，這對梅普露來說也方便。

「要是有其他玩家在，放了的話很容易就被發現了。」

發動【獻身慈愛】，周圍地面就會發光，等於是通知他人梅普露到來。但知道梅普露在此還敢靠過來的，就只有【大楓樹】的成員而已，誰都不會隨便找死。

梅普露就這麼帶著兩側的蛇怪，在廢墟中走動。

「有沒有怪咧……哇！」

在一座較大建築的角落拐彎時，她與另一邊過來的怪物撞個正著。

梅普露抬起頭，見到巨大的身軀和腦袋，後面有條長長的尾巴。比起所謂的龍，外觀更接近肉食恐龍，恐龍也在發現梅普露時高聲咆哮。

「【麻痺尖嘯】！」

她先打先贏似的發動技能，使怪物完全不得動彈再派【獵食者】上去咬。

「好像很強……【暴食】也用一用！」

梅普露再將塔盾往因麻痺而倒地的恐龍腦袋上壓。加上【獵食者】不停啃咬的傷害，恐龍很輕易就化為了光。

「呼咿……嚇我一跳，還以為很強……結果麻痺以後就小菜一碟了嘛！很好！下一個！」

幸運地很快就擊殺怪物的梅普露乘著這股氣勢搜尋下一個怪物。看來這裡怪物種類不少，有大有小。

然而其中有幾種一遇到她就逃走了。

「唔～這樣不好打耶……跑太慢的關係嗎……嗯？」

這時梅普露發現狀態欄中有幾排陌生的記述。有的會讓怪物遠離，有的會提升攻擊力，都不是梅普露自己放的。

「咦？什麼時候中的？……呃呃呃，啊！打倒怪物的時候？」

她進一步查看這些正負面效果的說明，有幾個寫明是會在擊殺怪物時附加。梅普露不管遇到什麼都照單全殺，效果疊了一大排。

「不可以拿到會讓怪物跑掉的！這樣就打不到了……！」

梅普露還想保留【暴虐】，反覆與遭受負面效果也不會逃跑的凶暴怪物戰鬥。儘管每一隻都很強悍，但由於不是專門設計來對付梅普露，幾乎不會使用穿透攻擊。如此一來，那也只是梅普露用來賺擊殺數的肥羊。

不過由於她無法掌握其他玩家的情況，對於自己擊殺數夠不夠還是有所不安。

用【獵食者】將遺跡周圍的怪物瘋狂亂咬一頓後，梅普露用【毒龍】留下一片毒沼再離去。她走出遺跡穿過森林，往開闊的草原前進。

「唔～好想多打幾隻喔……嗯嗯？那該不會是……」

梅普露的目光停留在莖部比她還要高的大紅花上。那和過去活動的叢林中出現過的植物很類似。

「現在場地很寬敞……好！這裡可以！」

她毅然接近大花根部啟動武器，用化為劍的手將花莖一斬為二，再用雙手穩穩接住掉下來的紅花。接著紅花——應該說花型怪物的切口再生出根莖似的東西，纏上了她。

「好耶！成功了！再來……」

梅普露繼續讓花纏著，到草原中心坐下。

「好～！要加油喔～！嘿！」

對花這麼說之後，她用劍往花瓣戳一下。

花隨之噴灑甜蜜香氣，有東西從圍繞草原的森林沙沙沙地接近。

梅普露計畫得逞，紅花喚來了大量怪物。那原本伴隨著相對的危險，但是對梅普露來說就只是方便的怪物吸引器。

「好耶！這樣就輕鬆多了！趕快在別人搶走之前幹掉！」

她就這麼將撲上來的哥布林、從遠處放魔法的鳥一一解決。

為了節省資源，她將近處的怪物交給【獵食者】處理，自己則專心射從遠處攻擊的怪物。

「【獵食者】死掉就麻煩了……【獻身慈愛】！糖漿，【甦醒】！」

終於輪到糖漿出場了。梅普露叫出糖漿。即使大量怪物咬在她身上，一抓一退恣意妄為，但她全都當作沒看見。

「糖漿！【大自然】【紅色花園】【白色花園】【陷落大地】！」

梅普露抱著糖漿發動技能。

以她為中心發光的地面上，長出了紅白雙色的花叢。

那畫面非常美，假如沒有這些前仆後繼的怪物，會讓人不禁停下來看幾眼，但那塊地區的效果可沒有這麼瑰麗。紅花會增加範圍內受傷量，白花會降低能力值。

而且，怪物一踏進來就會被【陷落大地】變成泥質的地面吞噬。倖免的怪物則是用【大自然】的藤蔓捆起，成為【獵食者】的食物。

以梅普露和糖漿為中心擴散的美麗紅白花園，其實是踏入一步就必定會喪命的死亡大地。

梅普露讓藤蔓在空中捕捉如同伯勞鳥獵物般的怪物，並用槍彈全部射死後，她戳戳纏在身上的花。

「再來一次，嘿！」

梅普露再度迫使紅花釋放香氣，將另一群怪物誘入花園。

「負面效果變成怎樣啦……哇！這樣搞不好很糟糕……」

打倒大量怪物的梅普露查看自己身上的負面效果，發現有一個竟然是在地圖上公開自己的位置。

她覺得會有很多玩家過來搶怪或襲擊她，急忙處理掉現有怪物。

然而這個心是白操了，沒有半個其他玩家過來。

這也難怪。知道地圖上有死亡陷阱，大家當然是趁早遠離。

想來開開眼界的玩家也因為見到怪物陷入地面，被刺藤串起，地面又是大片毒沼的慘況，知道那萬萬碰不得而趕緊離去。

「都沒人來耶……那再來一次！」

梅普露再度刺激紅花，吸引滿滿的怪物。

◆□◆□◆□◆□◆

「呼……總算是……活下來了。謝謝喔，月見。」

麻衣騎在變成三公尺高的月見背上，在荒野上信步前進。

總是和結衣互相掩護的麻衣，非常不習慣單打獨鬥。因此，她選擇進入難以從死角偷襲的開闊處。

「……！有其他玩家。」

遠處出現三名玩家。即使不能組隊，若運氣好碰上同公會的玩家，當然還是會為了求生而合作。

遠處玩家似乎也注意到麻衣而舉起武器接近。在【大楓樹】中，結衣和麻衣的攻擊相對好躲，只要小心應戰就有勝算，不至於見到就跑。

「月見，要上嘍……！【力量平分】【衝鋒】！」

接近玩家到足夠距離後，麻衣跳下月見下指示。

頓時紅光籠罩他們倆，月見瞬時衝向三名玩家。

「月見，【星耀】！」

隨麻衣一喊，月見的毛尖發出眩目的美麗光輝，一圈淡淡綠光以月見為中心驟然向外擴散。

這道看似美麗的綠光其實會造成可怕傷害，一擊就消滅了在中心附近中招的玩家。

「喔，哇啊啊！」

「不、不會吧！」

「【遠擊】！月見，【撕裂】！」

警戒麻衣的兩名玩家見到月見發揮超乎想像的破壞力而一時失措時，麻衣一股作氣地猛攻。他們反應不及，也化為光消失了。

「呼……太、太好了。謝謝月見，你好強喔。」

麻衣摸摸月見的頭，月見便開心地低吟著趴下。等麻衣爬上牠的背，牠又繼續前進。

雖然麻衣那樣稱讚，不過才剛收服不久的月見本身並沒有那麼高的攻擊力。的確牠的【ＳＴＲ】是比其他能力值高，但也不至於秒殺玩家。

「幸好你有學會【力量平分】……！」

【力量平分】是讓月見與麻衣平分【ＳＴＲ】的技能。一般而言是【ＳＴＲ】較高的魔寵會提升主人的能力，但結衣和麻衣的情況正好相反，她們的超高【ＳＴＲ】會倒流到雪見和月見身上，使得原本傷害低的範圍攻擊一口氣成了即死級攻擊。

「不曉得結衣有沒有活下來……啊，有訊息……結衣傳的！」

麻衣確定周圍沒有怪物或玩家後查看訊息。

『姊姊，我好不容易活下來了，沒有姊姊真的好累喔。然後我發現，地圖上有梅普露的位置耶，妳趕快看一下。我們去那裡集合吧？』

麻衣打開地圖確認，果真見到梅普露的位置。無論出於什麼緣故，那都是一個極佳的路標。

「嗯，沒問題……傳。」

『太好了！那就到梅普露那邊集合！不可以死掉喔！』

見到結衣的回覆後，麻衣策熊趕往目的地。

「走嘍……月見，【星光步伐】！」

月見的足跡發出閃亮亮的光，光輝更擴散到牠與麻衣全身。這單純是提升月見移動速度的技能，但速度已經遠不是平時走路可以相比。路上出現的怪物，麻衣都是騎在月見背上直接輾過去。

「月見！【眩光】！【決戰態勢】！【雙重搥打】！」

月見的技能造成對手的短暫暈眩，在麻衣面前就成為致命破綻，眼前魔像與獸人紛紛發出悶響而彈飛。

由於都是秒殺，麻衣的怪物擊殺數也很可觀。

進入非穿越不可的森林後，麻衣就緊抓月見，讓月見爬上樹梢，跳啊跳地沿著枝頭前進。

月見雖然體型碩大，動作卻是意想不到地輕巧，提供麻衣靈活的機動力。

「嘿嘿，有月見真的好棒喔……」

最後她在目的地附近的樹枝上等待結衣聯絡，不久便見到發著粉紅光輝的白熊同樣跳著樹枝過來。

「結衣！」

「姊姊！太好了！怎麼樣，打怪順利嗎？」

「幸好有月見，還不錯……妳呢？」

「雪見表現也超棒的喔！打倒了好多玩家呢！」

雪見和月見是相同魔寵，又有相同等級，結衣當然也做得到麻衣能做的事。

「不要用錯技能喔，我們現在不能組隊……」

「對喔。那我們去看看梅普露吧，好像還在同一個地方。」

「地圖上的標示不會消失嗎……這樣她也很辛苦吧。」

兩人跳過樹枝，往森林旁邊，地圖上為草原的方向看，見到的是一片地獄。

草原已經不知所蹤，原本的位置剩下滿滿紫色毒沼，毒沼還裡開了一堆色彩繽紛的花朵，非常詭異。

往毒沼裡衝的怪物顯然與她們倆打倒的不同，每一個都相當強悍，其中甚至有大型的龍。

然而全數都被地面衝出的植物或尖銳岩石貫穿，接著捆在植物裡而遭受持續傷害。毒、睡眠、麻痺以及持續傷害，將踏入的怪物一個個變成屍體。

要是屍體不會化為光消失，現在畫面一定很不得了。

「梅、梅普露在那裡面嗎……？」

「好像是耶，可是我們無法接近……先別管她了吧，姊姊……」

「嗯，也好……晚點再問她結果怎麼樣好了……」

兩人視線從眼前愈來愈恐怖的慘況移開，再度跳過樹枝尋找適合打怪的地點。

◆□◆□◆□◆□◆

「呼，該怎麼辦才好呢……雖然跟梅普露約好要一起上高名次，但是……」

伊茲為如何應戰傷起腦筋。儘管強力炸彈能造成不小的廣域傷害，她也準備了很多，然而想藉此擊殺足夠數量的怪物，消耗實在太大。

「先準備好再說。好，就這邊吧。跟大家通知一下……好。」

她跟結衣和麻衣不同，來到遮蔽物比森林更多的叢林打怪。這裡怪物多，來打獵的玩家也多，她小心翼翼地做起攻擊的準備。已經通知公會成員不要太接近叢林，放膽去炸也沒問題。

伊茲喚醒菲，從道具欄取出炸彈。菲隨森林環境變化，用樹葉翅膀輕飄飄地飛。

「菲，【森林之怒】【道具強化】【精靈的惡作劇】【再利用】！」

菲隨指令飄向炸彈，發出綠色靈光，不久後融入炸彈之中，使炸彈改變形體。原本傷害就強化到極致的炸彈更上一層樓，看得伊茲十分滿意。因【精靈的惡作劇】而只有設置者與公會成員見得到的炸彈，就此靜待引爆的時機。

「竟然變成這種長滿刺的樣子……裝置完成了。」

為避免誤爆，她將活像栗子刺殼的炸彈放在草叢和樹洞裡，到處偷偷摸摸地布置。

「再來是這個。」

伊茲從腰包取出藍色結晶捏碎，隨後水流四溢，菲的外觀變成水滴。

「好！再多放一點。菲，【水絲】！」

這一次，她讓菲到處飛來飛去，在叢林內布下不注意看很難發現的細小水絲，一點一點地用技能和道具填滿叢林。

每當伊茲捏碎結晶，菲就會改變形體，為道具賦予各種效果。

冰、電、土、火。每一樣都附有隱形效果，叢林的外觀依然不變。

「呼……好，差不多了。菲，辛苦啦。」

伊茲用繩索上樹避難，並將自己綁在樹上，觀察菲牽到她身旁的水絲。

「好，確定公會的人都不在這附近了……開炸嘍……！菲！【精靈之護】！」

菲也有大幅減少道具傷害的技能。伊茲滴水不漏地在自己身上層層堆疊技能效果後，在水絲旁捏碎黃色結晶。

電擊效果竄入水絲，瞬間跑遍叢林。

就在伊茲閉眼摀耳的下一刻，閃光與爆焰橫掃了整座叢林。

「……！」

經水絲傳導電擊而引爆的炸彈瘋狂散射冰刃、毒液、火焰、雷電、旋風與強光等菲所附加的效果，造成難以計數的異常狀態與爆炸傷害。

而且這些炸彈不是炸了就消滅。【再利用】技能使它們在使用後有50％機率恢復未使用狀態。

什麼都沒有的地面突然爆炸，叢林裡又無處可逃。當爆炸聲完全止息，伊茲往地面看去，只見到處覆上一層表示各種屬性的物質，都看不出原本是叢林了。

「……會、會不會太過火啦？不、不過想一起打高難度就是要這樣吧！」

看時間還早，伊茲趕緊往下一個轟炸地點前進。

◆□◆□◆□◆□◆

「啊？……有沒有搞錯……」

克羅姆遠眺叢林，眼睛都發直了。他很清楚那場突如其來的爆炸是誰的傑作。

「是因為菲的能力嗎……嚇死人。」

覺得那恐怕炸死了不少怪物和玩家時，他又收到了伊茲的訊息。

「下一次轟炸預告啊，要記得閃遠一點……那會爆炸好幾波，一不小心走進去就完蛋了。」

克羅姆基本上都是將他的鎧甲型魔寵涅庫羅穿在身上。裝備時部分能力值會提升主人能力值，即是涅庫羅的強項。

雖然沒有特別華麗的招式，卻能使克羅姆的生存能力提升到另一個層次。

克羅姆不停與玩家或怪物交戰。在一對一的情況下，想壓倒他的恢復力是極為困難，他也因此連戰連勝。

這一次，出現在他面前的是植物型怪物——樹人。但那和他已經擊殺過好幾個的樹人不一樣，特別巨大。

「喔！大隻的！記得那會給標示怪物位置的ＢＵＦＦ。」

他跟結衣和麻衣不同，移動速度沒有經過魔寵提升，能知道怪物位置十分重要。

「好，涅庫羅我們上！【幽鎧．堅牢】！」

隨克羅姆一喊，涅庫羅的外觀變形為更加堅韌的鎧甲，也使得塔盾更為高大。那是以移動速度和攻擊力為代價，換取更高的防禦力。

涅庫羅的特色是會隨不同型態提供不同技能，能力也會因而變化。

「在露出破綻之前……我就陪你玩一玩。」

克羅姆以塔盾抵擋攻擊再砍回去。樹人的攻擊很單調，打不垮他更牢不可破的防禦。

「涅庫羅！【反射衝擊】！」

他再命令涅庫羅使用技能，讓塔盾在抵擋時造成傷害。如此一來，樹人愈是攻擊就愈不利。

「【盾擊】！很好！涅庫羅，【幽鎧·攻勢】！」

見到樹人姿勢一崩，克羅姆立刻改變涅庫羅的型態。

砍刀頓時伸長變成長劍，鎧甲噴出藍色火焰。

「涅庫羅，【吸取生氣】！」

得到涅庫羅，讓克羅姆又多一招補血技能。在這個型態下用刀械攻擊，有雙重補血效果。只要無畏地持續進攻，ＨＰ就不太會減損。

「好，最後一擊！」

克羅姆揮出長劍深深斬殺樹人，確定獲得標示怪物位置的特效後打開地圖。

「太好了，怪物都顯示在地圖上。啊……梅普露是不是又在搞些什麼啦，應該是有勝算才會一直待在那個位置吧……到底在做什麼呢……」

他不曉得梅普露變成了那種狀況，不過這世上有些事還是別知道的好。

「好啦，涅庫羅，靠你賺分嘍。我一個人傷害不夠。【挑釁】！」

幾個怪物受到克羅姆的技能影響而攻過來。尺寸比剛才小多了的樹人伸出樹枝，蝶型怪物灑下會造成異常狀態的鱗粉，集體行動的哥布林從樹叢跳出來偷襲。

「涅庫羅！【填充幽火】！」

克羅姆下令後，長劍慢慢散發藍焰。他一邊注意逐漸增大的火勢，一邊舉起塔盾抵擋攻擊。一會兒，長劍噴出特別大的火焰。

「涅庫羅！【幽火放射】！」

隨填充時間增強的蒼白火焰向前肆虐，對怪物造成嚴重傷害。【燃燒】效果還給予持續傷害，狀況瞬時變得有利。再來只需要一隻隻清場就行。

「呼，有你真好。被包圍的時候輕鬆好多。」

克羅姆深切感受到涅庫羅加入之後單打效率有顯著提升。過去借用糖漿時，他就覺得魔寵的存在真的影響甚大。

「要努力衝高排名才行。照那個情況看來，伊茲也會拿到不錯的名次吧。只有我一個掉出去就糗大了。」

如同梅普露幾個會撫摸魔寵那樣，克羅姆敲敲鎧甲表示讚賞後，隨即快步趕往地圖上的怪物圖示位置。

◆□◆□◆□◆

【大楓樹】成員們個個順利地提升擊殺數。魔寵的出現，為每個人的戰鬥方式都帶來了巨大的變化，其中奏這邊尤其顯著。

「雖然效果打折扣，能隨便用真的太棒了。」

【擬態】冷卻時間雖長，但奏與這個魔寵的契合度非常高。無論湊用掉多少魔導書，只要原書還留在奏的書櫃裡，等到【擬態】能再度使用即可重新填滿。

因此，戰鬥基本上都是由湊來進行，奏都是穿著袍子躲在樹上或隱蔽處。

萬一湊遭到偷襲，奏自己也能安全地偷襲回去。

「打到現在，湊的魔導書剩沒幾本了吧……啊，湊，【休眠】。」

奏發現有人接近，為藏招而將湊收回戒指。

看清撥開草叢接近的玩家後，他不禁苦笑。

「哈哈哈，我運氣真差。」

來人竟是絕德和多拉古。兩人身旁帶著黑色毛髮的狼，以及岩石組成的魔像。兩個頂尖玩家加上魔寵，勝算極低。

「喔？一個人啊……不好意思，我不會放水的。」

「喔～奏啊。哈哈，不錯喔！」

「一對二……實在太糟了！【木牆術】！」

奏在舉起武器的兩人面前造出木牆，試圖逃離。

剛以為拉開了一點距離時——

「厄斯！【沙之王】！」

奏聽見多拉古下令而回頭查看，發現木牆瞬時化為了沙而失去效用，絕德還帶著狼衝了過來。

「【火焰風暴！】【龍捲風】！」

「疾影，【影遁】。」

奏射出火焰與龍捲風反擊，但在那之前，名為疾影的黑狼毛髮變得更黑，和絕德一起遁入地下。雖然那僅有一瞬間，卻足以避開龍捲風。

「【超加速】！」

「【大自然】！」

「厄斯，【大地操控】！」

奏使用糖漿也有的技能想阻擋加速的絕德，藤蔓卻撲了個空。

「喝啊！【裂地斧】！」

「【影分身】！」

不能就此被多拉古絆住，奏立刻使用分身技能。

然而——

「疾影，【影群】。」

疾影腳下的影子竄出遠超過奏分身數量的狼，轉眼消滅了所有分身。

接著，奏被多拉古的【裂地斧】絆住，又遭絕德的匕首斬過。

「【三連斬】！」

HP和防禦力都不高的奏不可能撐過這次攻擊，就這麼化為光消失了。

看見他消失後，絕德和多拉古收起武器。

「好，【大楓樹】是我們的競爭對手，可不能讓他跑到銀幣多的地方。」

「……有點弱耶，應該還有一些更有效的技能吧。」

「是沒錯啦，不過再想也沒用，死亡特效都出來了。」

「也是。不趕快去打怪的話，名次就要掉了。太執著在玩家上只是浪費時間。」

這次積極消滅玩家沒什麼好處，打怪速率最重要。於是兩人就此離去。

不久後，穿著袍子的玩家——奏回來了。

「呼……真是好險，果然沒辦法跟他們對抗。湊，你做得很好喔。」

奏撥開附近樹叢，抱起恢復史萊姆狀態，且尺寸剩一半的湊。

「幸好有【分裂】和【擬態】……這樣就沒犧牲了。」

奏是在造出木牆的同時以魔導書隱身，和湊掉包後使用【分裂】，讓假的湊應戰。

由於分裂的個體需要留在本體附近，有可能一併被他們發現，需要賭一把，所幸成功了。

「有看到他們的魔寵就算有收穫了吧。不過……牠們還真強，有機會再和莎莉討論看看吧。」

與絕德收服的狼怪疾影，和多拉古的魔像厄斯小試幾手，就見到了幾個棘手的能力。湊的魔法都是中了就要準備受傷害，範圍也是相當出色。他還用上了梅普露和莎莉的妨礙技能，但全都被輕易破解。看樣子，若不事先準備好有效的應變措施，遲早真的會遇上危險。

「希望下次遇到的是怪物。」

奏將縮小的湊擺到頭上，為尋找下一個怪物而邁進。

◆□◆□◆□◆□◆

預賽場地裡當然到處都是玩家，想找個完全不會遇到人的地方極其困難。三個順利擊殺怪物存活下來的玩家，走進了濃霧瀰漫的森林。

他們是因為打倒了大量怪物，想遠離其他玩家多耗點時間。視線惡劣的濃霧森林裡容易遭受偷襲，玩家大多會避開，而他們反過來利用這點。

「這邊就行了吧。」

「哎呀，幸好能遇到公會的人，真是幸運了。」

數量即是力量。即使不能組隊，身邊有幾個可以溝通合作的友軍就是一大優勢。

「嗯，就是說啊。你也是這樣……咦？」

「怎麼了……奇怪？」

他們確定自己是三人結伴走進濃霧森林，一回神就只剩兩個了。由於沒有不告而別的可能，兩人分頭在附近尋找落單的同伴，但沒有結果。

「喂！真的不見了耶……不會吧？」

眼睛才離開一下，又一個同伴消失了，讓男子慌張地四處張望。

「那、那是什麼……？」

一見到濃霧中隱約冒出的兩團紅光，他身上就跑出麻痺特效，身體再也不能動。

「可惡！慘了……」

男子知道死期將至而拚命掙扎，但在麻痺時效結束之前他一點辦法也沒有。最後撥霧現身的，是一條巨大白蛇。在他準備受死時，衝擊卻意外地從背後來到。

「【一閃】。」

快速橫掃的刀深深斬過男子軀體，扣光所有HP。

確定男子死後，斬殺他的人——霞，走到白蛇小白身邊，跳到頭上坐下。

「又有怪物過來的樣子，往那去吧。」

小白滑順地穿過林間，在森林中巡迴。事實上，這片霧是小白自己的產物。

「哇……小白一下就長好大喔。真是個可靠的夥伴。」

升夠等級後，小白學到了與糖漿的【巨大化】同路線的【超巨大化】技能。

發動【超巨大化】，再使用會產生濃霧的技能兜兜圈子，地盤就完成了。

霞一發現有玩家進入森林就用小白的力量麻痺起來斬殺，怪物當然也是如此。霞和小白就這麼不停地繞，消滅所有遇到的東西。

移動也是由小白包辦，相當輕鬆。

不久，霞發現在這森林出沒的大型怪物五公尺巨豬，以及三個試圖對抗的玩家。開始至今已經有段時間，不少玩家藉傳訊會合了。

「好，找到了……上吧，小白！」

準備將玩家和巨豬一網打盡的霞加快小白速度，直接從旁往豬身上咬。

「【武者之臂】【血刀】！」

玩家們還來不及應對突然衝出濃霧的霞，就已被液狀的刀斬殺了。霞在他們架式遭破壞時衝上來，用自己的刀和兩側巨臂的大刀瞬間將三名玩家一刀兩斷。

「小白！【麻痺毒】！【第四式·旋風】。」

霞轉向遭蛇毒麻痺的巨豬，朝頭部打出連擊。

小白學會的技能並不多，直接以高能力值與其巨大身軀為武器。

牠跟著滑溜溜地纏住巨豬全身並勒緊，給予持續傷害。

由於那三個玩家已經打了一段時間，ＨＰ很快就歸零了。

「好，這次也很順利。啊，拿到標示附近玩家的ＢＵＦＦ了……」

霞跳上小白的頭，前往玩家圖示的位置。打倒視線中的玩家，也能提高【大楓樹】的總體排名。

「哈哈，這裡是我們的地盤，進來的全部幹掉。是吧，小白。」

白蛇在霧中窣窣爬行。接下來有段時間，霧裡不斷傳出淒厲的慘叫聲。

◆□◆□◆□◆□◆

【炎帝之國】成員米瑟莉、馬克斯和辛恩三人順利會合，暢快地到處狩獵怪物。由於地圖公開，只要取得聯絡，平安移動就能跟蜜伊會合……但他們刻意不這麼做。

「畢竟我們不能組隊嘛。」

「是啊。被蜜伊的範圍攻擊捲進去可不是鬧著玩的……」

「她的招……沒辦法控制火力呢……」

蜜伊擅長焚燒自己周圍的區域，所以在不能組隊的狀況下靠近她，三個人都會燒成肉棍。

「蜜伊一個人也沒問題吧，我們就好好賺自己的擊殺數吧。我負責削血，幫我補刀。」

辛恩在會合之前，已經靠【崩劍】和鷹型魔寵韋恩打倒不少怪物。

相較之下，即使有攻擊能力，但主力還是治療的米瑟莉，以及陷阱特化的馬克斯打怪效率就很差了。這時，他們發現虎型怪物的蹤影。

「好，看我的。」

「我是能支援啦……不要踩到陷阱喔……」

「我站在這裡也能打，只要不要放在我腳下就行了。去吧！【崩劍】！」

辛恩朝奔向他們的老虎射出劍刃，削取ＨＰ。

「韋恩！【風神】！」

喚作韋恩的飛鷹在身旁捲起強烈旋風，化為風刃又往老虎猛砍一波。

老虎光是想接近他們三人就遭到無數削砍，ＨＰ降至瀕死狀態。即使每一擊傷害不高，加上魔寵的攻擊次數，狀況就不一樣了。

「【聖槍術】！」

米瑟莉依約削去最後一段ＨＰ，轉向下一個獵物。

「我每次都覺得……能控制這麼多劍真的很厲害……」

「習慣就好啦。我也只是不知不覺就發現變成這麼多了。」

「真的這麼簡單嗎？」

「你們的魔寵怎麼樣了？有比之前問的時候多什麼嗎？」

「我？……可利亞還沒學到什麼厲害的招啦，就只是能像變色龍那樣隱形……啊，不過最近連我也可以一起隱形了……」

「我的鈴鈴還是一樣，感覺是滿稀有的啦。」

「還沒有被動技能以外的招嗎？的確是滿少見的。」

米瑟莉取名叫鈴鈴的長毛白貓，接二連三地學到為自己周邊極小範圍提供強化效果的被動技能。例如恢復力提升、加強傷害之類。

問題是目前範圍太小，老實說不太實用。

「應該是大器晚成型吧，要好好把人家養大喔。」

「啊，進入廢墟區了。這種地方很容易有玩家出沒。」

「說不定會有人跟來……我先放幾個陷阱。」

「喔喔，不錯喔！太好了。」

三人一面狩獵怪物，一面往廢墟內前進。辛恩料得沒錯，廢墟裡有不少玩家，但不是他們的對手。

打了一陣子之後，附近傳來耳熟的聲音。

「哼～哼～哼哼～……呃！【炎帝之國】……！」

「啊，芙蕾德麗卡。」

聲音的主人正是芙蕾德麗卡。她目前似乎是單獨行動，舉著法杖慢慢後退。以後援型角色來說，對上三個人肯定很辛苦。

「啊哈哈～死掉的話培因會罵人～可以放過我嗎？」

芙蕾德麗卡嘗試迴避戰鬥，然而她是競爭對手的成員，當然不可能放過。

「開打嘍！」

「好！」

「嗯……」

「討厭啦～為什麼！唔，沒辦法了。音符，【甦醒】！」

一隻黃色小鳥蹦出來，窩在她頭上。現在無論如何都非得逃出生天不可，如果技能能壓在最底限當然是最好。

「韋恩！【風神】！」

「音符，【輪唱】！呼～【多重屏障】！」

芙蕾德麗卡以魔法屏障抵擋大量飛來的風刃和辛恩的【崩劍】。雖然屏障撐不住那麼多攻擊而層層碎裂，可是辛恩發現數量比以前多上許多。

「要拚數量的話我也不會輸喔～【多重炎彈】【多重光彈】！」

魔法陣張開的下一刻，辛恩隱約聽見鳥鳴聲，同時魔法陣數量忽然倍增。

「怎麼樣～？不過你們應該是不會死啦～」

芙蕾德麗卡與音符造出的炎彈與光彈向他們三人大批射來。

「我來處理。」

「嗯……擋下來。」

米瑟莉和芙蕾德麗卡一樣造出魔法屏障，馬克斯利用岩壁抵擋，將魔法彈全部擋下。攻擊與防禦對撞的餘波，揚起滿天沙塵。

相較於提防追擊的三人，芙蕾德麗卡完全沒有與他們交戰的意思，等視線清晰後已不見她的身影。

「跑掉了嗎？」

「想不到她的攻擊數量能跟辛恩比呢。」

「是啊，需要注意……啊。」

「嗯？怎麼了，馬克斯？」

「中了。」

馬克斯不只在廢墟各處設置陷阱——還是以易進難出的方式設置的。他對陷阱位置有獨到直覺，以為甩開他們三人的芙蕾德麗卡沒有不中的道理。

「唔～！可惡～都帥氣地跑掉了說！」

芙蕾德麗卡用魔法在陷阱半空中設置平台，免去摔死的命運後發著牢騷爬出去。

「煩死人了……在逃跑還這樣……」

雖然總算是成功脫逃，廢墟周圍仍到處是馬克斯的陷阱，再被追到真的會出事。為

了和平時倚賴的三位【聖劍集結】成員會合，芙蕾德麗卡注意著陷阱急忙離開廢墟。

◆□◆□◆□◆□◆

「大家都還沒死，表示都很順利吧。話說梅普露怎麼一直都在地圖上啊……」

預賽時間進入倒數階段，莎莉用力伸個懶腰。玩家已經陣亡不少，遭遇頻率愈來愈低，打怪愈來愈輕鬆。

「看樣子，只要維持打怪速率就行了……都沒機會看到有強力魔寵的人對戰，真是可惜。」

在這個大多數玩家都會拿出真本事求生的活動裡，很可能得到許多平時得不到的資訊，例如【聖劍集結】和【炎帝之國】之外是否還有值得注意的玩家。

「喔，蜜伊也出現在地圖上了！時間所剩不多……往那個方向殺過去好了。」

莎莉往蜜伊的方向跑，路上遇到怪物就順便解決。

「朧，【束縛結界】！【五連斬】！」

只要停止敵方動作，自己就不會遭受攻擊，可以使出強力技能。超高難度以外的怪物不僅是攻擊單純，ＨＰ也不高，不是莎莉的對手。

「嘿、咻。那裡啊……哇……」

在那裡，蜜伊伴隨著一身火焰的鳥，將怪物與玩家都燒成焦炭。

「她真的也很誇張。」

蜜伊所在的荒地火舌遍布，可見曾有過激烈戰鬥。

「那就是梅普露說的伊葛妮絲嗎，觀察一下。」

莎莉用絲線攀上高大樹木以免玩家偷襲。這裡從地面不易發現，有人接近了也容易察覺。

「還有沒有怪物或玩家要來呢……嗯？」

莎莉凝望之處，出現了一個佩戴白甲白劍的面熟男子。培因來了。

「哇……這下有好戲看了。」

眼見【聖劍集結】與【炎帝之國】兩大公會會長的對戰即將開始，莎莉不禁竊笑。

「我知道我被標在地圖上，但沒想到你會過來呢。」

蜜伊喝下一罐ＭＰ藥水，做好隨時開戰的準備。

「嗯，我怪已經農夠了，所以來看看對手現在有多強。雷依，【甦醒】。」

隨之從戒指出現的，是頭一身銀鱗的幼龍。體型與大型鳥相當，收著翅膀停在主人肩上。

「真巧，我怪也打得差不多了。」

蜜伊說完發動【炎帝】，培因也拔出了劍。

這即是開戰的信號。

「【豪炎】！」

「【光輝聖劍】！」

蜜伊身旁湧現業火，培因擊出光之奔流，荒野頓時風雲變色。

「伊葛妮絲，【續火】！」

「雷依，【聖龍之祐】！」

雙方自我強化，一舉突擊。蜜伊也沒有保持距離的意思，她用【焰火飛馳】接近培因。

「【蒼炎】！【爆炎】！」

「【驅魔聖劍】！【聖光】！」

每次對衝都激出劇烈特效，技能與技能相互抵銷。那每一擊，都具有底定大勢的超高威力。

面對培因揮劍，蜜伊確實躲開並還以魔法。而培因也不會正面中招，準確卸除又轉為攻勢。

「雷依，【巨大化】【聖龍吐息】！」

「伊葛妮絲！【巨大化】【不滅烈焰】！」

雷依的龍息與伊葛妮絲的火焰在兩人之間炸裂，連大地都為之毀壞，但看起來是平

分秋色。

「不錯嘛，妳有個好魔寵。」

「你的龍也是。不過……再繼續藏招的話，我就直接把你給燒了。」

蜜伊表示毫無保留似的恢復ＭＰ，對伊葛妮絲下令。

「伊葛妮絲，【不死鳥之炎】【化己為火】。」

先以技能提升蜜伊火力後，伊葛妮絲當場化為一團火焰。火焰就此包覆蜜伊，導向地面開始擴散。

「原來如此，果真非同小可。雷依，【神聖守護】。」

「看招！【煉獄】！」

蜜伊呼喊的同時，一股全方位的灼熱惡火急速焚燒以蜜伊為中心的整個空間。那眩目熾光與培因不分上下的聖光對撞，爆炸摧毀周遭森林與平地，捲起滾滾沙塵。

當塵埃落定，顯現出依然無傷的蜜伊，以及ＨＰ略減，鎧甲焦黑的培因。

「嘖，還以為能逼雷依用出大招……他卻靠減傷跟聖劍的威力撐過去了……腦筋動得真快。」

「哈哈，我可不能洩漏太多。」

「從一開始就不打算打倒我嗎……別以為你可以活著回去。」

「那好，想來真的就來啊。」

培因接受挑戰，舉起聖劍。

但第二回合開始之際突然一陣劈哩啪啦，是樹木折斷的聲音。

兩人發現有東西接近而暫時休戰，往聲音望去，只見森林有許多光束瘋狂掃射過來。

「什麼……？雷依！」

「嘖，只好先撤退了！伊葛妮絲！」

培因和蜜伊各自乘坐魔寵離開地面。

不久，倒樹而來的是少說有十公尺大的巨大鱷魚，但是有個奇怪的地方——牠的嘴巴噴射著光束。

「……真掃興。培因！我們下次有機會再打一場！」

「好，隨時候教。看了妳的【煉獄】，哪有避戰的道理。」

因第三者闖入，兩人的決鬥無疾而終。

至於莎莉，當然也見到了這一幕。

「啊，那不是梅普露嗎……」

地圖上梅普露的圖示正急速接近。仔細一看，原來鱷魚本身沒有噴射光束，只是嘴

裡叼了顆長了光束砲的羊毛球。

「跑起來跑起來，衝到最後！」

傻眼的莎莉只能看著鱷魚隱約傳來熟悉的聲音並遠去。

梅普露從預賽開始不久就用紅花拉怪，到時間快結束時已經膩到不行。途中【毒龍】【流滲的混沌】【百鬼夜行】和【水底的引誘】都已用盡，打怪速度大幅降低，現在只能讓怪物咬在她身上，等【獵食者】把牠們咬死。

「啊，差點忘了……我還沒逛過這個地圖耶。」

預賽場地相當廣大。這麼大的地圖不會只用這一次，但沒人知道什麼時候還能回來探索。

「最後就來逛一逛吧！怪物打了很多，應該沒問題！」

現在就欠移動手段了。活動時間即將結束，需要夠快的移動方式。

「嗯……怎麼辦呢～嗯嗯？」

儘管她氣定神閒地搓著下巴閉眼思考，實際上還是正受到怪物的圍攻。身體突然浮起來的感覺讓她急忙睜眼，發現一隻現實世界絕對看不到的十公尺級大鱷魚叼起了她。

鱷魚將她往嘴裡送，要一口咬碎。然而梅普露的防禦力當然比鱷魚的咬力還強，沒有咬傷她的可能。思考被打斷讓梅普露不太高興地往嘴裡看，想給牠點教訓。

「啊，不能進到胃裡去耶。是喔……」

梅普露拍了拍鱷魚的口腔，突然想到這麼大隻的鱷魚說不定跑得比【暴虐】還要快。

「有沒有辦法讓牠往我想要的方想跑呢～」

她在咀嚼的嘴裡往前走，從齒縫間探出頭，發現鱷魚似乎會對梅普露跑出嘴外的部分起反應。牠喀喀喀地張合著嘴，並往那個方向跑。

「好耶！那另一邊呢？喔喔～！換往這裡跑了！」

如此一來便需要固定身體，免得被嚼得到處亂動。梅普露從道具欄拿出伊茲特製的強力膠，再澎一聲【長毛】，塗在羊毛上和鱷魚的嘴裡。

這樣就能在不被咬動的狀況下自由移動了。

「【獵食者】也要解除，不然咬死就糟了……再準備一點光束砲打玩家……搞定！」

梅普露選擇鱷魚作為臨時坐騎，以自己為餌吊在空中調整方向，要在預賽場地飆車了。可是起步後不久，她發現一個致命的問題。

「啊！這樣不行！我根本看不到風景！」

剛解決一個問題，又冒出另一個問題。梅普露無法阻止鱷魚，只好邊跑邊想，最後從道具欄裡拿出之前買的錄影結晶。

「還差一點……嗯嗯嗯，手伸長……好了！」

梅普露將幾個結晶貼在鱷魚鼻尖上，拍攝牠跑動時的畫面。想出這妙招，也讓她得意地在鱷魚嘴裡直點頭。

「啊，蜜伊被標在地圖上了！好～過去看看～！」

這時有許多玩家正因為見到梅普露忽然開始移動而急忙逃難，但這種事她本人當然不知道。

「啊，停不下來耶……不過牠跑很快，又會一直跑，就這樣吧。」

鱷魚原本就不是用來當交通工具，挑這毛病也未免太過分。

梅普露就這麼一邊用對普通人來說攻擊力頗高的鱷魚意外撞死逃避不及的玩家，一邊繞著預賽場地到處打轉。

「啊，快結束了耶。」

覺得有點短的梅普露靜靜等待系統將她傳回一般地區。好像忘了什麼，可是想不起來。當光輝開始籠罩全身，她才赫然想起。

「最後都只是騎鱷魚亂跑而已……啊！我的錄影！等一下等一下！」

可惜晚了一步，還來不及取回貼在鼻尖上的水晶，她已經被傳出了預賽場地。

851名稱：無名巨劍手

預賽結束了呢。

852名稱：無名塔盾手

還要再等幾天才會知道結果吧。

我們公會沒人死，值得期待。

853名稱：無名長槍手

好強喔。

854名稱：無名魔法師

有魔寵上天堂啊～經過預賽，更能體會到魔寵有多方便。

855名稱：無名巨劍手

真的好強。好在我也有魔寵，有遇到沒魔寵就死定了的時候。

856名稱：無名弓箭手
不過強的人沒有魔寵還是很強啦。
單打的時候真的差很多。
857名稱：無名長槍手
活動裡有幾個地方變成禁區了呢。
會忍不住自動避開。
858名稱：無名塔盾手
照你這樣說，感覺裡面有我們公會的人。
859名稱：無名巨劍手
是啊。
梅普露一直標在地圖上，可是每個人都躲得遠遠的。
我想也是啦。

８６０名稱：無名長槍手

其實我有去看一下，那根本是只有上天眷顧的人才能接近。

凡夫俗子光是掃到颱風尾就會死。

８６１名稱：無名塔盾手

每過一段時間就會有某個地方大爆炸什麼的，有夠恐怖。

我完全做不到那種事。

８６２名稱：無名魔法師

拜託保持現在這樣。

不要理所當然地把地圖一部分變成地獄。

８６３名稱：無名弓箭手

你現在這樣很好。

保持下去就行了。

８６４名稱：無名巨劍手

那我們這個靠近就會死的梅普露都在做什麼，一直在地圖上。

865名稱：無名長槍手
都在拿自己當餌叫怪物來打。
森林裡衝出一大堆怪物然後一個個死光光的畫面根本恐怖片。

866名稱：無名塔盾手
所以說梅普露整個活動都在拿自己當餌啊……

867名稱：無名魔法師
什麼意思？

868名稱：無名塔盾手
梅普露在最後那段時間好像是跑到一隻超大鱷魚的嘴巴裡，想繞整個場地一圈。
最後因為沒錄到畫面？哀怨到不行。

869名稱：無名巨劍手

怎麼會變成這樣。

８７０名稱：無名長槍手

有聽沒有懂。

超出人類理解範圍？

８７１名稱：無名弓箭手

就她一個玩特別版？目標跟我們明顯不同啊。

８７２名稱：無名魔法師

我就是被那個撞到的嗎……想說哪來會噴雷射的鱷魚。

那麼大一隻，用咬的就好了，噴什麼雷射啊。

８７３名稱：無名巨劍手

她又要變強了嗎？

魔寵養了這麼久，技能都學完了吧。

874名稱：無名塔盾手
糖漿一直在變強喔。
應該能在複賽裡體會一下吧。

875名稱：無名巨劍手
一直在變強啊？
無可限量的感覺好可怕。

876名稱：無名魔法師
既期待又怕受傷害。

877名稱：無名弓箭手
會怕是基本的啦，不管看多少次都很難習慣。

878名稱：無名塔盾手
沒那麼容易習慣的啦。
我才剛以為自己習慣了，就被最近的觸手嚇成白痴。

預賽就此結束，梅普露與所有玩家都在等待發表成績的那一刻。

◆□◆□◆□◆□◆

預賽過後，暫時能喘口氣的遊戲控管室正在審核排名。前段名次列出許多官方人員熟悉的名字。

「結果跟預估的沒差多少嘛。」

「是啊，畢竟厲害的玩家都會去找厲害的魔寵，戰力排名沒有變化也是沒辦法的事。再多加點ＰｖＰ成分可能會更好吧。」

「是啊。下一次要考慮進去。」

眾人一邊反省一邊作業，整理得差不多之後，他們照常以俯瞰視角觀察玩家動向。

「……我們有放區域魔王嗎？」

「沒有……只有放比較強的怪，但明顯算不上魔王級。」

「在玩家眼裡可能會以為有魔王怪吧。」

「事實上也搞死了不少人。」

蜜伊的業火、培因的光之奔流、伊茲的轟炸、霞的迷霧森林，還有梅普露難以名狀的某物。

簡直都是區域魔王的規格。

「這可以說是地形與玩家打法和規則互相契合的結果吧，真有意思。」

「有意思個頭啦。」

「一個一個看吧。好的留下來，壞的趕快改掉。」

接下來，老天彷彿要給予震撼教育般播出梅普露的畫面。經過幾個技能的交疊，梅普露所盤據的草原變得一塌胡塗。

「那個花……啊……是喔。」

「即使位置曝光，也沒有人想去梅普露那裡。那完全變成招怪機了。」

「怎麼會這樣，不應該是這樣的啊……」

「我懂你的心情。」

「先前在叢林被她發現這個效果就毀了嗎……」

不過影像繼續播放到梅普露進鱷魚嘴之處時，控管室變成歡欣鼓舞的氣氛。

「為什麼那麼剛剛好啊？」

「哎呀，這次移除胃真是移對了，差點又要吃一發體內爆破。」

「怪物真的不能做內臟呢。」

然而當大夥才剛慶幸自己因為章魚一事而能及早修訂，受到盛讚的鱷魚幾十秒後就被梅普露拿來當車飆了。

「為什麼龜在嘴裡不出來啊！」

「哎呀～完全搞不懂。不過那樣真的跑很快，這想法很有意思。」

「應該給牙齒設穿透傷害的……」

此後鏡頭一一切換，眾人熱烈討論哪裡應該怎麼做，檢討問題點。

「複賽的怪物沒問題嗎……」

「再來是玩家組隊殺過來……希望不會被拿來玩。」

「原本應該是我們搞他們的耶。」

「在他們把自己搞得像地區魔王的時候，兩邊的界線就已經很模糊了吧。」

「是有道理啦。」

「幸好活動有分難度。」

與魔寵搭配得好，確實能顯著提升玩家戰力。但即使心裡覺得拿出戰力相當的怪物就行了，看了看複賽怪物資料後，所有人期待的眼神中仍摻有些許不安。

◆□◆□◆□◆□◆

如多數人所料，【大楓樹】全體進入前段名次。

達成了八個人一起挑戰最高難度的目標。

複賽中可以組隊，所有魔寵的戰力能發揮得淋漓盡致。

「場地就是預賽場地喔。太好了，梅普露。複賽還有銀幣可以撿，我們就把每個角落都搜遍吧。」

「雖然戰鬥也很好玩，不過我還是比較喜歡逛地圖看美景啦～」

忘了回收錄影水晶的梅普露很快就得到重新探索的機會，立刻充滿鬥志。

「話說回來，全都有進前段班真是太好了～」

「月見打得很努力喔。」

「我跟雪見也是！」

看著兩人開心地抱起小熊，【公會基地】裡的其他六人也都笑了。結衣和麻衣一直很怕只有她們無法活到最後，能有這個結果比誰都高興。

「魔寵真的很強，能幫到主人很多，不過……複賽的難度可以說就是建立在這一點上面的喔。」

克羅姆和霞也隨莎莉點頭。

「前段玩家幾乎每個人都有魔寵，所以不會因為自己現在有魔寵就比較輕鬆。」

「反倒是等級沒練夠的話，說不定會很辛苦。」

「嗯～所以說還是要多升級才行呢！糖漿也要努力變強喔！」

距離複賽還有一小段時間，但所有人都等不及想讓其他人看看自己的好夥伴有多厲害了。

如同父母喜歡秀自己兒女是一樣道理。

「啊，對了對了，我在預賽裡有看到絕德和多拉古的魔寵喔。」

奏將絕德的狼魔寵會操縱影子，多拉古的魔像魔寵是控制沙與大地等都說了出來。

「唔唔……【大自然】抓不住的恐怕會很難打。」

而且糖漿還有其他幾種會影響地面的技能，要是都沒用就傷腦筋了。

「絕德那邊也要注意。潛入影子的時候很可能是無敵，亂放大招搞不好會害死自己。」

「哼嗯……我們最快也要下個活動才會ＰｖＰ吧，只能慢慢蒐集情報了。」

奏分享【聖劍集結】的資訊後，莎莉也聊起蜜伊和培因那場被梅普露破壞的決鬥。

由於梅普露平時會跟蜜伊一起探索，這裡以培因的資訊為主。

至少能確定的是，他現在具有大範圍龍息以及飛行能力。而且他的龍目前沒有任何目擊者回報，足見十分稀有，也可能有更厲害的技能還沒使出來。

「可惜就目前而言，除了必須警戒之外我也不能多提供什麼，像龍息就是龍系怪

物都有的招……既然他會對芙蕾德麗卡那樣說，就表示他也知道要隱藏實力吧。蜜伊那邊，她的【煉獄】真的很強。範圍超大，威力應該也很可怕。被她貼上來放範圍那麼大的招，我也閃不掉。」

【大楓樹】的競爭對手每一個都確定擁有魔寵，這就表示他們的攻擊手法會變得更加多樣。

「好，為了下次活動，複賽要努力收集銀幣變強喔！我們一定要走精兵路線。」

「也對，每個人都要夠強才行。」

梅普露等人加深決心。在接下來的日子裡，所有人加強鍛鍊魔寵，等待複賽來臨。

後記

一時興起而捧起第八集的讀者，幸會。一路看到這裡的讀者，請接受我無比的感謝。大家好，我是夕蜜柑。

第七集到第八集之間又發生了一件大事。沒錯，就是動畫開播的日子敲定了！

電視版動畫將於２０２０年開播，再稍等一下子就行了。我也把握這個寶貴的機會，到錄音現場見習。該怎麼說呢，看著聲優們一個個為角色賦予聲音，連語感在內琢磨各種細節，製作出一集動畫，感覺很不可思議，好像在作夢一樣，心裡滿滿都在慶幸自己能有這樣畢生難忘的經歷。都是因為各位願意持續看我的小說，持續支持我，我才能有這樣的體驗，實在感激不盡。

假如動畫化能讓更多人知道我的作品，我當然是再高興不過，不過我更希望動畫能讓原本就喜歡這部小說的人能看得開心。請原諒我一再重複，不管怎麼說，我能有今天都是拜這群讀者所賜。

就我來看，動畫版是有達到這個標準沒錯！我現在還不能說太多，只能說這領域的專家真的好厲害。沒錯，我想各位一定會看得很開心的！

另外就是，我沒有用推特，發布消息的速度非常慢。動畫版已經建立好官方推特和網站了，新消息就請到那邊去看吧。

話說，好像還要做成手遊呢。涉及的領域愈來愈廣，讓人既開心又惶恐……但是我以後或許不會再有這種機會，所以我會盡可能去享受的！手遊也有官方推特和網站，可以在那裡獲得最新消息，還有語音試聽喔！希望有符合各位的期待……也希望遊戲開始營運後各位能下載來玩玩看！

那麼，《怕痛的我，把防禦力點滿就對了》第八集要在這裡結束了。

近來動畫化、手遊化等各式各樣的新企畫接連不斷！

但原作的部分，我還是會繼續寫下去。

因此，懇請各位繼續予以支持！

期盼我們在未來的第九集再會！

夕蜜柑

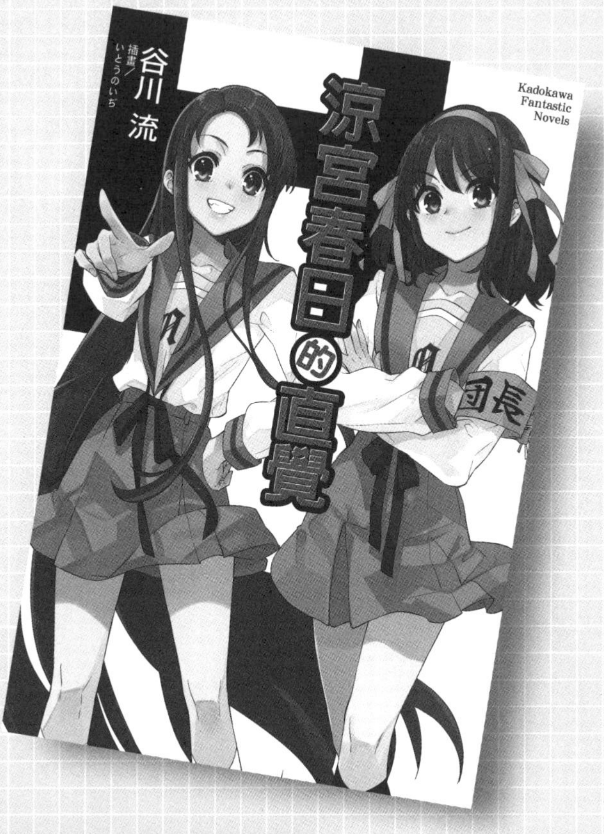

涼宮春日的直覺

Kadokawa Fantastic Novels

作者：谷川流　插畫：いとうのいぢ

睽違9年半的涼宮系列最新刊！
輕小說界最強女主角涼宮春日重磅回歸！

都升二年級了，涼宮春日也一樣異想天開。一下帶領SOS團想走遍全市神社作新年參拜，一下想調查根本不存在的北高七大不可思議，此外，鶴屋學姊還從國外寄來了一封神祕信件，向SOS團下戰帖？天下無雙的超人氣系列作第12集震撼登場！

NT$280/HK$93

轉生為豬公爵的我，這次要向妳告白 1~3 待續

Kadokawa Fantastic Novels

作者：合田拍子　插畫：nauribon

豬公爵為尋找龍的幼體探索迷宮！
傳說的黑龍卻趁機襲擊學園!?

達利斯下一代女王卡莉娜來訪讓學園為之沸騰，史洛接下照顧公主的職責，並與公主一起前往探索迷宮……此時傳說中的黑龍卻趁機襲擊學園。面對強大的怪物，學園陷入嚴重的混亂……史洛來得及趕回去救援學園與夏洛特的危機嗎!?

各 NT$220/HK$73~75

賢者大叔的異世界生活日記 1~8 待續

Kadokawa Fantastic Novels

作者：寿 安清　插畫：ジョンディー

善良的路賽莉絲背負驚人的過去
太過不合理的境遇讓大叔生氣了！

傑羅斯等人帶著擄獲的勇者們朝著阿爾特姆皇國的皇都阿斯拉前進。然而傑羅斯卻在那裡，得知了連路賽莉絲本人也不知道的身世之謎！路賽莉絲的身世之謎、四神的真面目、邪神的目的……面對接連被揭開的真相，傑羅斯會採取的行動是……!?

各 **NT$240/HK$75~80**

國家圖書館出版品預行編目資料

怕痛的我,把防禦力點滿就對了/夕蜜柑作 ; 吳松諺譯. -- 初版. -- 臺北市 : 臺灣角川股份有限公司, 2021.03-

冊 ;　公分. -- (Kadokawa fantastic novels)

譯自 : 痛いのは嫌なので防御力に極振りしたいと思います。

ISBN 978-986-524-281-7(第8冊 : 平裝). --

ISBN 978-986-524-282-4(第9冊 : 平裝)

861.57　　110000942

Kadokawa
Fantastic
Novels

怕痛的我，把防禦力點滿就對了 8
（原著名：痛いのは嫌なので防御力に極振りしたいと思います。8）

2021年3月22日　初版第1刷發行
2023年8月10日　初版第4刷發行

作　者：夕蜜柑
插　畫：狐印
譯　者：吳松諺

發行人：岩崎剛人
總編輯：蔡佩芬
編　輯：黎夢萍
美術設計：黃永漢
印　務：李明修（主任）、張加恩（主任）、張凱棋

發行所：台灣角川股份有限公司
地　址：104台北市中山區松江路223號3樓
電　話：（02）2515-3000
傳　真：（02）2515-0033
網　址：www.kadokawa.com.tw
劃撥帳戶：台灣角川股份有限公司
劃撥帳號：19487412
法律顧問：有澤法律事務所
製　版：巨茂科技印刷有限公司
ISBN：978-986-524-281-7